fundac

tito:

entre el wao y el ajá

andreina perez

Instragram:
@andreinaepa
@dejandomihuella
@titothestory

Ilustraciones: Chriss Braund.
Edición: Belibet Andrade.
Diagramación: Andreina Perez.
Portada: Chriss Braund.

Para todos los que creen que estoy loca por creer en otras dimensiones, en conexiones extraterrenales, en sueños lúcidos: gracias por creer en mi locura, porque gracias a resistirme a ella pude conectarme con un sueño fabuloso que me llevó a revivir, a renacer después de haber muerto en vida.

A mi familia, a mis amigos, a mis sueños, a Tito, a su familia y al universo por poner este libro en tus manos, una historia llena de dudas convertidas en certeza.

PRÓLOGO

Siempre he sido fanático de los libros basados en hechos reales porque van más allá de aquellos con contenido de ficción y surrealismo. Sin embargo, al leer las primeras líneas de "Tito" sabía que me estaba enfrentado a dos cosas: conocería finalmente el origen de los sueños de la autora y encontraría algunas respuestas que mi corazón buscaba desde que mi madre partió.

Lo pensé muy bien antes de leerlo; es la primera vez que me siento tan conectado con un libro que relata la historia de una adolescente en una familia disfuncional que prácticamente perdió el control del timón. Pero hablando del camino de una joven adolescente que se está descubriendo podemos comprender que la vida no se basa en lo material que poseemos sino en el valor que recibimos como individuos para sentirnos más completos. Cuando eso no sucede ocurre una ruptura interna y comenzamos a creer que nuestra existencia no tiene ningún sentido porque creemos que somos invisibles para la sociedad y a veces también dentro de nuestra propia familia.

Algunos no le dan la importancia al significado de los sueños, pero en mi caso soy muy creyente de ellos porque por algo se hacen presentes, sólo que aún no tenemos la capacidad de poder descifrar el mensaje en su totalidad.

La historia de Tito erizó por completo mi piel y, como dije al principio, los libros basados en hechos reales nos permiten descubrir el universo de otros seres que quizá nunca vamos a conocer en vida pero quienes se han

tomado la libertad de plasmarlo en papel. Este es mi lugar, donde me tomo la libertad de expresarme a mi manera y sin miedos. Realmente jamás pensé conocer a Andreina: nunca apareció en mis sueños y ambos desconocíamos la existencia del otro.

Imagínate estar en tu propio mundo, tranquilo, mirando hacia el mar o la montaña, sin preguntas, respirando en calma; de pronto sientes que desde tu cielo algo cae con mucha prisa, pero no sientes miedo... sólo te quedas mirando a que caiga, y lentamente te acercas. Lo que encuentras te sorprende porque el impacto que tuvo generó en ti emociones; tienes y sientes la curiosidad de saber porqué escogió caer en tu planeta, porqué el destino nos escogió para vivir ese momento juntos donde pueden cruzar miradas y tomar caminos distintos o quedarse y crear no sólo una historia sino muchas. Así puedo definir el impacto de Andreina en mi vida: "meteoro", como le digo, porque en un mundo donde yo creo historias así fue su aterrizaje. Rápido, fugaz y digno de recordar.

Cada sueño puede enseñarte algo o dejarte con dudas, pero la demostración interna que Andreina relata rompe cada barrera de los sueños y admiro la capacidad que obtuvo para descifrarlo a su manera y hacer arte de ellos...

Estás en la mira de esta historia que te va a cautivar de pies a cabeza. Estaba recordando, en uno de mis vuelos de regreso a Venezuela, venía leyendo su primer libro y preguntándome si ella sería capaz de superarse más; yo prácticamente la reté a publicar su primer libro, y ver que ahora se siente más cómoda con ella misma sacando su segundo libro, más feliz y segura de lo que quiere, siento que ahora sólo me tocará verla crecer más y más. Y así como **Alberto** con **Amy**, yo seguiré a su lado.

Las miradas que doy al cielo las hago sonriendo porque yo también tengo un ángel. Espero algún día los dos podamos mirar al cielo juntos saludando a nuestros ángeles: ella a Tito y yo a mi mamá, ya sea en Miami, Venezuela o donde el destino nos quiera cruzar, en ésta y muchas vidas más.

Alejandro Sequera (Escritor)

INTRO

Finalmente estás leyéndome.

Pasé muchos años pensando en alzar la voz, en decir la verdad, pero nunca supe cómo o qué hacer; no estaba segura de su valor, de si vale la pena arriesgarse y decir lo que quizá muchas personas ya piensan. ¡Estoy loca!... y ahora que me lees, entenderás por qué.

Desde muy pequeña he creído en cosas que los adultos consideran "absurdas" o "irreales", básicamente inexistentes, y se referían a mí como alguien que "fantaseaba" mucho...empezando porque tenía un jardín de dinosaurios bajo mi cama a quienes yo creía mis amigos. Para saciar esa sed de "amigos animales" o "imaginarios" mi mamá me compró un Agaporni, un tipo de ave; lo llamé Esteban, y era mi mejor amigo hasta que la señora que ayudaba en mi casa y lo pisó con el sofá (accidentalmente, claro). En parte fue mi culpa, porque se supone que las aves que son mascotas deben estar en jaulas (aunque pertenecen al aire y al viento y deberían estar libres), pero el mío no: Esteban estaba suelto por la casa, libre a mi manera, como si fuera un cachorro.

Después de ahí me llevaron a un psicólogo, porque yo decidí contarle a mis compañeros del colegio sobre el jardín de mis amigos los dinosaurios; la profesora llamó a mis padres con la sugerencia de llevarme a ver a una terapeuta para niños, y así fue. Y ahí pronunciaron las palabras que cambiaron mi vida para siempre: "¿qué dirá la gente?".

Nada de lo que te voy a contar está relacionado con lo que acabas de leer; esto fue sólo un preámbulo para que tengas una idea del tipo de persona que soy. Nada de esto define mi bondad o la falta de, sólo te adelanta un poco sobre mis creencias.

Resumen: Creo más en lo que no puedo ver que en lo que está frente a mis ojos.

¿En qué crees tú?

¿Por qué?

"La aceptación de la muerte te da una visión más creativa de lo que es la vida; créanlo o no, esto te lleva a la paz interna. Obtienes respuestas a dudas que no sabías que tenías, y de ahí salen historias maravillosas"

Esta es la historia de una chica normal. Ninguna habilidad extraordinaria, todo lo contrario. Hablaba poco y se vestía con muchos colores que lo único que resaltaban era la miseria de su mirada, esa miseria visible sólo para quienes tenían la valentía de verla directamente a los ojos.

Esa chica normal, sin ninguna habilidad, era yo: Amy.

17 de mayo, 2008.

Desperté en un hospital oscuro, con las luces apagadas y como de costumbre... estaba sola. Le pedí a la vida que me sorprendiera y me explicara porqué estaba aquí.

Salí de mi habitación con un equipo intravenoso atado a mí. Continué caminando y al final del pasillo vi la silueta de un niño; no pude apreciar su cara, pero saltaba de un lado a otro, corría y me hacía señas para que fuera detrás de él...

— Ven — me decía, aunque no podía entenderle muy bien (no creo que tuviese más de 3 años).
— Espera, ¿quién eres?, ¿a dónde vas? — Le pregunté acelerando mi paso para alcanzarlo, pero era muy audaz. Una luz alumbraba su silueta; corrió lentamente a paso de bebé y atravesó por una puerta donde entraba una luz intensamente blanca que inmediatamente nubló mi mirada. Y de pronto me encontré de paseo por mi casa. El bebé me guiaba como si me conociera de toda la vida: entramos por la cocina, lo alcancé y me tomó de la mano, halándome fuertemente. La verdad es que era un niño mágico y no sé cómo explicarlo, pero sus risas traviesas me hacían sonreír bastante, me enternecían. Entramos a la sala de la televisión y el ascensor se abrió; intenté escondernos para que no nos vieran, pero no fue necesario. Me vi a mí misma entrar, y entendí que era un sueño. Fuimos los dos detrás de mí e hicimos un recorrido por la casa; recuerdo claramente que ya había hecho ese recorrido antes. Vi el calendario colgado en mi habitación, y entendí que era una recapitulación.

Me pregunté ¿qué soy?, en lugar de ¿quién soy?. Dejé de considerarme un ser humano el día que todo dejó deimportarme, el día que sólo caminaba, respiraba y que mi corazón latía porque por eso es el órgano más importante. Sin él no vivimos, o así fue como programé mi corazón para dejar de permitir que las cosas me afectaran de la manera en la que me estaban afectando. Tenía problemas en casa: mi madre sumergía sus penas en alcohol mientras mi padre pasaba todo el día en la oficina trabajando para "complacernos" con todo lo que le pidiésemos, sin entender que lo material no llenaría el vacío que mi madre sentía cada vez que él salía por la puerta y llegaba muy tarde por la noche. Mi hermano, mi persona favorita en el mundo, ignoraba mi existencia, haciéndome sentir completamente un cero a la izquierda; se supone que los hermanos suelen apoyarse el uno al otro, entenderse mejor que los padres, pero en mi caso sólo sentía cómo me ignoraba y cómo sus amigos eran más importantes que yo. Quise consolarme diciéndome a mí misma que era una etapa de la vida, pero qué iba a saber yo... estábamos en la misma etapa los dos: la escuela y una familia disfuncional que peleaba todo el día, y por todo.

Mi madre tenía amigas y alcohol, mi padre tenía su trabajo y estoy segura que un par de mujeres que lo acompañaban; mi hermano tenía fiestas, amigos, y un carro con el que podía escapar cada vez que se presentara un conflicto en casa, y yo... yo tenía un novio, o algo así eramos, siempre y cuando no fuera frente a sus amigos.

La verdad no encontraba sentido o motivación alguna: no tenía amigos, me sentía completamente sola, y estar

conmigo misma no era precisamente algo placentero. Iba al colegio sin emoción alguna porque me hacían bullying por no tener un físico admirable, por no tener senos grandes o un trasero para presumir; mi manera de vestir tampoco resaltaba alguna posibilidad de belleza, caminaba con audífonos para no tener que lidiar con burlas e insultos. Una vez me preguntaron ¿si pudieses tener un súper poder, cuál sería? Y mi voz interna respondió por mí: invisibilidad.

16 de mayo, 2008.

Llegué a casa después de un día común y corriente en el colegio, nada nuevo que contar... como siempre, entré y estaba sola. El cuarto de mis padres brillaba por su ausencia; estoy segura de que mi hermano estaba con sus amigos. Mi casa, como siempre, era un ambiente negro en el que yo era una mancha gris que nadie notaba: ni ausente, ni presente.

Con la esperanza de encontrar a alguien o algo que iluminara mi día di un recorrido por toda la casa, pero fue absurdo: no encontré nada. Así que decidí llamar a mi novio, Frank; como si ya no fuera suficiente soledad, él no contestó mi llamada, agregándole acidez al momento. Me senté en el piso de mi cuarto a pensar y pensar en mi existencia. La conclusión fue nefasta: todo apuntaba a que yo era el significado de "nada" no sólo para quienes me rodeaban, sino para mí misma. No tenía un propósito, no tenía impacto en la vida de nadie. Dormir era la única solución para acabar con otro día de mierda y despertar sin la esperanza de que un nuevo día sería mejor que este. Supongo que tendría que seguir transitando por la vida sin un motivo y por costumbre.

17 de mayo, 2008. (otra vez)

De un momento a otro todo comenzó a ponerse blanco, y el sonido se desvanecía. Mi entorno cambió, y en un espacio níveo y fogoso que parecía una mezcla entre como imagino yo el cielo y el infinito, sólo se escuchaban la línea recta de la muerte y una voz que, poco a poco, pude distinguir. La línea recta comenzaba a desaparecer y ya sólo escuchaba esa voz: *"Mi bebé, te estamos esperando, por favor despierta. Estamos todos aquí contigo, te amamos"*; de pronto, un monitor con los latidos de un corazón empezó a hacerse presente. No pude evitar sonreír involuntariamente al escuchar esas palabras. Poco a poco fui abriendo los ojos, y aunque todo estaba borroso, pude distinguir que el sonido provenía de una bocina puesta al lado de un bebé que se encontraba atado a muchas máquinas y tubos, justamente al lado de la camilla en la que yo estaba sin recordar porqué.

Al abrir mis ojos por completo dudé por un instante si lo que acababa de pasar era un sueño, o una realidad... Al lado de ese bebé se encontraba una señora que lo tomaba de la mano; se me hacía conocida, pero no recordaba de dónde. Me volteé y a la distancia vi a mis padres, discutiendo como siempre; en lo que se dieron cuenta de que había despertado, se acercaron.

— ¿De dónde sacaste las drogas, Amy? — Me preguntó mi papá.
— ¿Quién te las dio? — Me preguntó mi mamá.
— Wow, ya va... ¿De qué drogas hablan? ¿Qué hago

aquí? — Les respondí sudando, todavía muy confundida.
— No hace falta que nos mientas, Amy. Los resultados de los exámenes salieron positivos en drogas — Me dijo mi mamá, muy molesta y segura de lo que decía.
— Creo que bebí un poco más de la cuenta, pero no me drogué — Le respondí, avergonzada.
— Y, ¿de dónde sacaste el alcohol? — Me preguntó mi padre, Jaime.
— De la alacena — respondí.
— Mira eso, Ángela, de la alacena — Respondió mi padre, mirando a mi mamá con desprecio y decepción. Yo, por mi parte, decidí darles la espalda para evitar ser la razón de su próxima pelea.
— ¿Ahora resulta que es mi culpa, Jaime? — escuché a mi mamá decirle a mi papá.
Cerré los ojos, pretendiendo que no estaba escuchando su discusión, hasta que me quedé dormida.

"Sabes que tienes un gran corazón cuando sientes culpa por hacer lo que es mejor para ti."

20 de mayo, 2008.
2:00 AM

Desperté nuevamente en ese espacio blanco y vacío que me gusta llamar "el infinito" y ahí estaba de nuevo el bebé de mis sueños. Me tomó de la mano para darme otro recorrido; se le estaba haciendo costumbre y yo no entendía porqué. Esta vez caminamos por la sala de espera del hospital, en donde pude darme cuenta de lo devastada que estaba mi familia: mi mamá, aunque me pareciera increíble, lloraba en los brazos de mi hermano mientras mi padre caminaba de lado a lado. Podía ver la angustia en sus ojos, y por primera vez sentí y entendí que sí les importo, aunque no sepan cómo demostrarlo... porque cada uno está metido en su propio mundo, incluyéndome a mí, perdida y adentrada en mi universo egoísta en el cual creo que a nadie le importo; me auto convencí de que no soy nadie, poco a poco me estaba dando cuenta que no podía estar más equivocada".

Cerré los ojos para llorar y, al abrirlos, desperté en la camilla. Era de noche; continuaba despertándome una y otra vez y ya no sabía distinguir entre lo que era un sueño y lo que no... todo parecía tan real y tan lúcido. Me levanté de la cama y me acerqué al niño que estaba acostado junto a mi camilla; se me hacía tan familiar, al igual que la señora que, dormida en la silla, yacía junto a él. Lo tomé de la mano y sentí una chispa, como una electricidad tras el contacto físico de los dos.

— Eso fue... muy raro, ¿quién eres? — Le pregunté. Intenté tomarlo de nuevo de la mano, y aunque ya no había chispa, sentí algo que no puedo explicar con palabras.
— ¿Eras tú en mis sueños? — Suspiré.
— ¿Estás bien, Amy? — Me preguntó la señora que lo acompañaba. Inmediatamente solté la mano del bebé y me aparté.
— ¿Cómo sabes mi nombre? — le pregunté, confundida.
— Mi nombre es Orly. He compartido un poco con tus padres estos últimos días. ¿Quieres que los llame? — Me preguntó.
— No — Respondí, muy antipática. Caminé hacia mi cama, y me acosté de nuevo.

Días después...

Estaba lista para que me dieran de alta. Empecé a recoger mis cosas para volver a la vida que tanto odiaba; este paso inesperado por el hospital y mis sueños lúcidos no fueron más que un escape efímero, consecuencia de un momento del que no recordaba nada. Intentaba ver el lado positivo de la situación, pero la verdad es que la idea devolver a mi casa, y a la rutina que vivo día a día, no me hacía nada feliz. Agarré mis cosas y me dirigí a la salida, cuando de repente una voz ya conocida interrumpió mis planes.

ORLY
Olvidas algo.

Yo la miré un poco pedante, y también confundida.

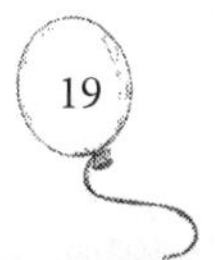

ORLY
(amable y cálida)

Revisa debajo de tu almohada.

Busqué bajo la almohada y encontré un pequeño libro azul que dentro tenía una foto de su bebé. La miré a los ojos, sin saber qué decir.

ANGELA
(en voz alta)

Amy, ¡apúrate! ya está listo el auto.

Suspiré y me quedé viendo al bebé. Ella me miró; pareció entender lo que mi silencio quería decir, pude ver como sus ojos brillaban, repletos de nostalgia.

ORLY
Tranquila, ve, pero llévalo siempre contigo. Te cuidará.

Me fui y ni siquiera tuve la intención de preguntarle sus nombres, pero supongo que no me importó porque jamás los volvería a ver.

"No necesitamos un nombre y un apellido para conocer a la persona; basta con una interacción, así sea irreal. Lo conocí, y es lo que importa".

A veces,

"Los sueños también son una realidad... irreales, pero por algún motivo irónico incluyen la palabra "reales" al final.

Un nuevo día, una misma vida.

La diferencia entre ayer y hoy es como conjugo las palabras; por algún motivo hoy desperté haciendo de mi pasado un presente, perdida en recuerdos de sueños que tuve. No dejo de pensar en mis padres y mi hermano llorando por mí en la sala de espera, no dejo de pensar en ese bebé, en qué le pasó, si está mejor o no...

De repente, mis pensamientos fueron interrumpidos: mi mamá entró a mi habitación, y era la primera vez que hablaríamos desde el incidente. Mi hermano, Derek, entró detrás de ella.

ANGELA
(seriamente)

Amy, tenemos que hablar.

AMY
(evitando hablar del tema)

Estaba pensando en que deberíamos ir todos a comer, en familia... compartir un poco todos juntos.

Derek me miró y suspiró.

DEREK
(mirándome)

Yo creo que es buena idea, Ma.

ANGELA

Suena bien, niños, suena bien... pero hay algo de lo que tenemos que hablar primero: tú papá y yo estábamos pensando que sería mejor que te vayas a estudiar a otro país.

AMY

¿Qué? Pero, ¿por qué? ¿A dónde? ¿Cúando? ¿Para qué? Derek, ¿tú también piensas lo mismo?

Mi madre me tomó del brazo, tratando de hacerme entrar en razón.

ANGELA

Para que empieces de cero, te cures de toda esta locura... lo que pasó es muy grave, y en este entorno tu papá y yo tememos que puedas volver a intentarlo.

AMY

(frustrada y desesperada)

¿Intentar qué, mamá?

ANGELA
(decepcionada)

Caer de nuevo en las drogas.

DEREK
(preocupado)

Hermani, si fue bastante grave todo lo que pasó, debes tener fuerza de voluntad. Aunque yo la verdad no creo que sea necesario mandarla a otro país para eso.

AMY
Claro mamá... porque resulta que soy drogadicta ahora. ¡Ya les dije mil veces que no me drogué!

ANGELA
Amy, no hace falta ya ocultar la verdad. Estamos intentando ser comprensivos, eres adolescente, tienes tus propios problemas y...
encontramos hay una escuela en la que puedes recibir ayuda, ver un psicólogo. Es una de las mejores de Estados

Unidos, y además podrás perfeccionar tu Inglés... será como un campamento.

AMY
(histérica)

¿Campamento?

Derek lo pensó, estaba casi convencido de que yo debía irme.

AMY
(histérica)

Esto tiene que ser un chiste. No necesito ni psicólogo, ni clases. Nada, mi inglés es perfecto, además.

DEREK
(dudando)

En el fondo, quizás te funcione estar lejos...
(arrepentido)

No, no, ¿sabes qué mamá? No estoy de acuerdo. Amy no tiene porqué irse. Entiendo que hizo mal en consumir drogas, pero no tiene la culpa, y no creo que lo mejor sea mandarla lejos para evitar enfrentar lo que realmente pasa.

AMY
(aliviada)

¡Hasta que al fin!

ANGELA
(imponente)

Es lo mejor y punto. Ya está decidido.

AMY
(retándola)

¿Según quién?

ANGELA
Tu papá y yo lo conversamos con una profesional, y es lo mejor.

AMY
(sarcásticamente)

Ahora resulta que ustedes se llevan bien y toman decisiones juntos.

ANGELA
(suspirando)

Amy, no se trata de nosotros, se trata de ti y esto no es algo que

vamos a discutir. La decisión está tomada: te vas la semana que viene para que puedas comenzar el semestre con todos los estudiantes.

DEREK

Mamá, ¡pero aún ni se acaba este año! Va a tener que repetir.

AMY

(irónica y pedante)

Claro, es más fácil para ustedes mandarme lejos, y poder continuar con sus vidas... A ver cómo te sentirías tú si nosotros te dijéramos que vayas a rehabilitación.

ANGELA

No estamos hablando de mí, yo ya estoy grande así que me respetas.

AMY

Empieza por respetarte tú misma y después hablamos de respeto ajeno.

ANGELA
(furiosa)

¡Empaca tus cosas!

AMY
(gritando)

No pueden obligarme.

ANGELA
Cuando tengas 18 quizás, pero sigues siendo menor de edad. Te vas y punto.

AMY
(decepcionada)

¿Quieres saber algo irónicamente gracioso? Cuando estuve en el hospital, tuve un sueño en el que los veía a ustedes realmente preocupados por mí, tristes por lo que había pasado... pensé que esto nos uniría más como familia, pero tiene el efecto contrario, por lo que veo.

Ángela salió de la habitación, y Derek se sentó a mi lado y me abrazó.

DEREK
(triste)

Lo siento hermani, intenté convencerlos de que no, pero no quieren escuchar.

AMY
(suspirando)

Pero, ¿tú me crees, verdad?

DEREK
(triste)

No se trata de lo que yo crea... Los exámenes son muy claros, y tuviste una sobredosis.

AMY
(frustrada)

Pero es imposible, ni siquiera sé dónde conseguir drogas.

DEREK
(triste)

No me digas ni cómo, ni dónde, ni con quién, porque los mato. ¿Estamos?

AMY
(desesperada)

Te estoy diciendo que no me drogué.

DEREK
(triste)

Estuviste a punto de morir, ¿cómo quieres que te crea?

AMY
(molesta)

Te demostraré que hay un error; yo no me drogué, Derek.

DEREK

Suerte.

Derek se fue, y mi día estaba completamente arruinado. Decidí no ir al colegio, total... ya me iba del país, ¿qué importancia podría tener no ir más a la escuela? Mejor quise visitar al bebé en el hospital y ver cómo estaba; llegué lo más rápido que pude, pero las enfermeras no me pudieron decir mucho. Aparentemente el bebé y su familia se habían ido a su hogar, pero algo me decía que no de la manera más feliz.

Regresé a casa para encontrarme a mi mamá ahogándose en sus botellas de alcohol con música depresiva a su máximovolumen; mi hermano no me dirigió la palabra y, como de costumbre, iba de salida. Y mi papá, como siempre...trabajando. Mientras tanto

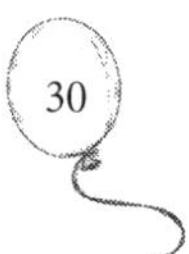

yo, para no perder el hábito, me fui directo a mi cuarto.

20 de junio, 2008.

Soñé de nuevo con el bebé. Esta vez éramos él y yo en un parque, llenos de globos azul pastel, y él tenía un cono en su cabeza que decía FELICITACIONES. No sé si era su cumpleaños o qué exactamente, pero lo que sí sé es que últimamente soy más feliz en mis sueños que en mi realidad. Sé que dije que no es importante saber el nombre de las personas para conocerlas, pero... quisiera saber su nombre, o al menos saber si está bien.

"Viviendo una realidad en mis sueños mientras duermo en la vida equivocada."

Mientras tanto, mi vida estaba empacada en una maleta camino al aeropuerto: había llegado el día en el que empezaría de "cero", con una playlist de canciones tristes para agregarle nostalgia a mi partida y un morral lleno de emociones y nudos que acompañarían a mi soledad.

Ya estaba lista para partir. Anunciaron la salida de mi vuelo, y justo cuando caminaba hacia la puerta de embarque tropecé con un chico (bastante guapo, por cierto); fue muy extraño... La verdad yo no estaba de humor para hacer vida social, pero tal como en las películas, al tropezar, mi pasaporte y mis documentos se cayeron al piso, dándole tiempo a él para presentarse.

— Caray, disculpa. No te vi — me dijo el chico.

—No te preocupes. Intenta no caminar y estar en el teléfono al mismo tiempo la próxima vez — le contesté, muy pedante.

— Siempre tán simpática — me dijo, como si me conociera de antes.

—Lo siento, estoy un poco apurada — evitándole la mirada. Al terminar de recoger todo, nos levantamos y me entregó mis documentos; al tocarnos sentí una chispa entre nosotros.

— Hay algo eléctrico entre tú y yo — en un tono musical.

— Muy gracioso — le dije.

— Es una canción... mi nombre es Alberto, ¿tú eres? —

— ¿Qué? — le pregunté, fuera de contexto.

ALBERTO

Sí, de Aditus. Hay una canción que dice así... *"hay algo electrico entre tú y yo, que no sabemos cómo……*

Se puso a cantar la canción en medio del aeropuerto. La verdad es que su espontaneidad me impresionó; él se cortó un poco al darse cuenta de que lo miraba un poco extrañada.

ALBERTO
(rompiendo el hielo)

¡Me gustan tus zapatos!

AMY

¿De verdad? Qué extraño, la mayoría de la gente odia los Converse.

ALBERTO

Sí, menos mal que yo soy minoría.

AMY
(sarcástica)

Ja ja, muy gracioso, bueno... me tengo que ir, ya están llamando mi vuelo.

ALBERTO

El mío también, pero lo cambiaron de puerta. ¿A dónde vas?

AMY
San Francisco.

ALBERTO
Qué casualidad, fíjate que yo también... vamos rápido, que lo cambiaron a la puerta veinte.

Seguí caminando con un extraño que casualmente tenía el mismo destino que yo. Ya mi viaje comenzaba a tener un poco más de alegría, se sentía como si nos conociéramos desde antes.

ALBERTO
¿Cómo dijiste que era tu nombre?

AMY
(sonriendo a medias)

Mmm.. Amy.

ALBERTO
La próxima sonrisa debe ser completa.

Ya estando en la fila para subirnos al avión me di cuenta de que olvidé preguntarle cuál era su asiento. Llegué a la fila 20 y no lo vi; supuse que se había sentado más atrás pero no quise buscarlo... me daba un poco de pena. Ya estábamos por despegar y no había notado que el asiento de al lado estaba vacío; de repente apareció Alberto por atrás.

ALBERTO
(burlón)

Ugh, Ausencio si es pesado, tenía que sentarse justo al lado tuyo.

Me hizo un gesto para que me levantara del asiento y pasó, como si fuera suyo.

AMY
¿Quién es Ausencio?

ALBERTO
Amy, Amy, Amy... te falta tiempo conmigo.
(bastante serio)

Vas a tener que aprender un poco del sarcasmo... pero tranquila, yo te enseño y tú me enseñas inglés a mí, ¿vale?

AMY
¿Este es tu asiento?

ALBERTO
Hice un pequeño cambio con mi amigo Ausencio, es un tipo bastante callado y yo le dije que tú hablabas mucho.

AMY

Esa es la menor de tus preocupaciones, me lo dicen a cada rato.

La verdad es que Alberto estaba haciendo de mi viaje algo entretenido e inesperado; ya hasta se me había olvidado que iba a “empezar de cero”. Al aterrizar me dio un pequeño ataque de pánico y ansiedad. Alberto tenía una particularidad para mirarme a los ojos y transmitirme una calma que no puedo explicarles, además de una mirada y unos ojos que todavía no sabía leer.

ALBERTO

¿Qué vas hacer en Estados Unidos?

AMY

Pues, como no te voy a volver a ver...

ALBERTO
(interrumpiéndome)

¿Por qué no? ¿Te vas a evaporar o qué?

AMY

Pues me voy a un internado y no podré salir... así que es más o menos lo mismo...

ALBERTO
Eh, pues yo te secuestro. Además, quién sabe... tal vez nos topamos por ahí.

Me quedé en silencio.

ALBERTO
Entonces, ¿qué decías?

AMY
Voy a un internado a aprender inglés. Es todo.

Me miró de una forma muy extraña, como si supiera que le estaba mintiendo.

ALBERTO
(sarcástico)

Bah, ya me dirás la historia completa... vámonos, niña que se evapora.

AMY
¿Es este otro de tus chistes que se supone debo entender?

ALBERTO
Vaya que eres ácida niña, pero sí... vas

aprendiendo.

Nos bajamos del avión y cada uno tomó su rumbo; a mí me esperaba un chofer de la escuela a la que iba, y a Alberto le perdí la pista en el aeropuerto, así que supongo que ese momento inefable y efímero de felicidad en mi nuevo viaje "empezando de cero" terminó antes de siquiera haber empezado.
Llegué a lo que sería mi hogar por el próximo año. Por suerte mis padres pagaron para que yo tuviera una habitación para mí sola; muchas personas prefieren tener compañeros de cuarto, o roomies, pero en mi caso preferí simplemente vivir en soledad, algo a lo que ya estaba bastante acostumbrada.

21 de junio, 2008.

Las clases regulares no empezaban sino hasta agosto, así que el trato era ir a terapias psicológicas, asistir a las actividades de "verano" de la escuela y las clases de inglés para empezar el año, como diría mi hermano, muy "yeiii", aunque no era cien por ciento necesario: mi inglés estaba perfecto, lo aprendí viendo Friends y prestando atención en la escuela, ya que era la única clase que me gustaba. Me inscribí en el equipo mixto de Volleyball, ya que mis padres y la psicóloga estudiantil insistieron en que debía tener actividades en equipo para conocer gente. El entrenamiento estuvo bien; no hice amistad con nadie, tampoco hice mucho esfuerzo la verdad, y, como en todos lados, había tres patanes que no dejaban de mirarme. Lo entiendo, soy la chica nueva, extranjera, y claramente no la más guapa.

— What did you say was your name? — Me dijo uno de

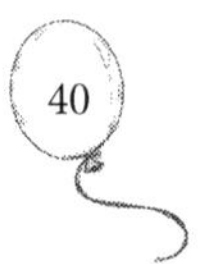

los chicos, bastante arrogante y pesado.
— ¿Perdón? — No lo había escuchado bien.
— Oh, you don't speak english? — Continuó, hablándome en inglés y burlándose junto a dos tarados más, tumbándome la mochila al suelo.
— I do, actually... so whatever you want to say, I'll understand — Se quedaron un poco asombrados, pero eso no los detuvo y continuaron con su actitud de bullies. Una chica les gritó, llamándolos para que fueran hacia ella.
— Guys, are you coming? — Y ellos, como los propios títeres de la chica popular, fueron, no sin antes hacer una última burla.
— Heads up, freaks are not welcomed here — Me dijo en tono de advertencia, y yo tragué duro. Me miró, dejándome atrás, y se fueron. Me levanté del piso, un poco nerviosa... y sentía como revivía los momentos en mi antigua escuela, parece que mi viaje "empezar de cero" sería más bien una continuación, traducida al inglés. Voltee al escuchar una voz conocida, y era Alberto.

AMY
¿Qué haces aquí? No entiendo.

ALBERTO
Ajaaa, estás feliz de verme. Lo sabía.

AMY
Ugh, no te soporto, pero la verdad es que sí... ¿Cómo llegaste

hasta aquí?

ALBERTO
(entusiasmado)

Pues te dije que nos estaríamos viendo; vi tu carnet de viaje de la escuela y pues, sabía que te encontraría aquí. Me vine al campamento de verano para aprender inglés, y bueno... ya hoy reprobé mi primera clase.

AMY
No te preocupes: yo te ayudo con tus clases y tú ayúdame a no pasar un verano tan miserable.

ALBERTO
Hay que hacer algo con ese autoestima tuya, no puedo con tanta negatividad en mi vida.

AMY
Lo siento.

ALBERTO
(entusiasmado)

Estoy bromeando, no te sientas mal... pero igual

sí hay que hacer algo con tu actitud ante la vida, porque así no se puede eh...

Caminamos juntos hasta mi habitación y él se fue.

10:00 PM

Ya había terminado el primer día en mi nuevo infierno, pero al menos alguien me acompañaba y le daba color a mi vida. Había quedado con mi mamá y mi papá en que hablaríamos por Skype para contarles sobre mi día, pero lo olvidé; estuve con Alberto hasta muy tarde, y en lo que regresé a la habitación me di una ducha y me acosté a dormir. Mañana sería un nuevo día, y mi primera sesión con la psicóloga... "yeii, qué emoción, un espacio para hablar de lo miserable que me siento existiendo". Sí, eso fue sarcástico.

23 de junio.

Entré a la oficina de la psicóloga y me mandaron a sentar y a esperar un poco mientras llegaba la doctora; pasé unos minutos sola. Poco tiempo después ella entró con una actitud imponente que hizo que desde el principio me cayera pesada.
— Cuéntame un poco de ti, Amy — Me dijo, mientras se sentaba en su silla.
— ¿Tengo que?— Le pregunté.
— Cuando estés lista, no hay apuro — Me dijo, con actitud altiva y desafiante detrás de su disfraz de terapeuta.
Me quedé en silencio toda la sesión hasta que vi que

estaba anotando algo en su libreta.

AMY
¿Qué estás escribiendo? No he dicho ni una sola palabra.

PSICOLOGA
El silencio también es una manera de hablar.

AMY
Supongo.

PSICOLOGA
Vamos a jugar algo, ¿te parece?

AMY
¿Qué es esto? ¿Una terapia para niños?

PSICOLOGA
No, es un juego para adultos.

AMY
Será.

PSICOLOGA
Te haré una serie de preguntas y me vas a responder con lo

primero que se te venga
a la mente. Una palabra,
sin pensar dos veces.

AMY
Bueno.

PSICOLOGA
¿Cómo te sientes en
este nuevo país?

AMY
Aburrida.

PSICOLOGA
¿Cómo te sientes
la mayoría del
tiempo?

AMY
Molesta.

PSICOLOGA
¿Cómo es tu familia?

AMY
Mentirosa.

PSICOLOGA
¿Qué piensas de vivir?

AMY
Respirar.

PSICOLOGA
¿Cuál es tu pasión?

AMY
No tengo.

PSICOLOGA
Muy bien, ¿cómo te sientes ahora?

AMY
Igual que cuando entré.

PSICOLOGA
Entiendo, todos tenemos derecho a sentirnos así, pero estás aquí para descubrirte.

AMY
Será. ¿Ya me puedo ir?

PSICOLOGA
Ya terminó la sesión de hoy. Nos vemos mañana a la misma hora.

Salí del consultorio, y bajando las escaleras me topé con Alberto. Mi bolsa se cayó al piso y se salieron todas las cosas; justamente hoy tenía dentro mi diario, el libro azul que me regaló la mamá del bebé y su foto. Alberto, educado como siempre, recogió todas mis cosas; sintió curiosidad sobre el libro azul y lo abrió. Yo me puse muy nerviosa... no quería que leyera nada.

AMY
¿Qué haces aquí? ¿También vas al mismo psicólogo? Voy a empezar a creer que me estás acosando.

Se quedó leyendo el libro azul que me dio Orly, y después de unos segundos me respondió.

ALBERTO
De hecho, vine para asegurarme de que la psicóloga no te convenciera de no juntarte conmigo esta noche para tu primera cena de Shabbat.

AMY
¿Cómo así?

ALBERTO
Tienes un Zohar, eres judía, ¿no?

AMY
No, ¿y tú?

Le quité el libro y en sus manos cayó la foto del bebé; él se quedó mirándola fijamente.

ALBERTO

Digamos que me gustan mucho las tradiciones judías. ¿Quién es Tito?

AMY

¿Dónde dice?

ALBERTO

(enseñandome la parte de atrás de la foto)

Está escrito aquí atrás.

AMY

Wow, no se me había ocurrido mirar ahí...

ALBERTO

¿Y por qué tienes un Zohar si no eres judía?

AMY

Es una historia muy larga.

ALBERTO

Bueno, me la cuentas en Shabbat esta noche, ¿vale?

AMY

Ni siquiera es viernes.

ALBERTO

Las cosas hay que

hacerlas ahorita. Soy un soñador: me gusta compartir cosas que me apasionen, conocimientos, etc y según lo que sé... hoy es lo único que tenemos asegurado. No quiero esperar hasta el viernes para tu primer ensayo Shabbatino.

Alberto alzó los brazos con actitud victoriosa, alegre y se fue.

ALBERTO

No me vayas a quedar mal, eh.

Me emocioné mucho con su invitación y corrí a mi habitación para arreglarme; mi mamá me llamó después de unos días de no haber hablado.

ANGELA
(en el teléfono)

Hola gorda, ¿cómo has estado? ¿cómo te sientes?

AMY

Bien, ¿y ustedes?. Adaptándome todavía.

ANGELA
Todo bien, extrañándote mucho.

AMY
(sarcásticamente)

Claro.

ANGELA
Es en serio, te extrañamos mucho, pero cuéntame... ¿cómo te sientes en tu nueva escuela?

AMY
Normal, lo mismo, sólo que en inglés.

ANGELA
Amy, no seas así, trata de abrirte un poco con tus compañeros.

AMY
No son nada agradables, mamá.

ANGELA
¿Y cómo te fue con la psicóloga?

AMY
Tampoco es agradable.

Mi madre se quedó en silencio por unos minutos; me

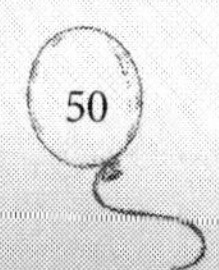

sentí un poco mal porque la vi preocupada.

AMY

Conocí a un chico en el aeropuerto que de casualidad también vino a esta escuela, pero sólo por el verano.

\ANGELA

Que bueno, y, ¿qué tal te parece?

AMY

Bien, es muy simpático y buen amigo, creo. Me invitó a una cena de Shabbat.

ANGELA

¿Shabbat? ¿hoy?

AMY

Si, es un poco loco, pero bien lindo, me cae bien.

ANGELA

Qué cómico, pero qué bueno gorda, al menos estás acompañada.

AMY

Si, un poco. Pero bueno, me tengo que ir, tengo

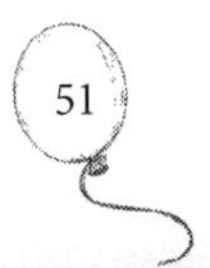

que ordenar un poco mi
habitación y arreglarme.

Colgué inmediatamente. Me acosté un rato con el libro azul y la foto de Tito; estaba cansada, pero no dejaba de preguntarme una y otra vez cómo seguía él. Quería saber qué pasó, porqué estaba ahí en el hospital. A las 5 p.m. había quedado con Alberto, y sin querer me quedé dormida.

De pronto, desperté estaba en un jardín, nadie alrededor... Empecé a escuchar risas por todos lados y, de pronto, lo vi otra vez, corriendo alrededor de la piscina, jugando con una pelota. Lo veía de lejos.
— ¿Tito? — Le pregunté. Y sentí cómo alguien tomaba mi mano; era él. Estábamos los dos viéndolo a él mismo jugar en el jardín.
— Tu nombre es Tito, ¿verdad? — Le pregunté. Él asintió con la cabeza y me sonrió.

De pronto todo se puso gris, y lo vi en la piscina, ahogado. Un señor, quien supuse era su padre, saltó para rescatarlo; vi todo el mundo a su alrededor de un lado para otro, buscando una toalla para secarlo. El señor le daba respiración boca a boca y lloraba de desesperación. Una chica, que parecía ser la nana, o la que ayudaba de la casa, lloraba sin consuelo. Entró su mamá; estaba asegura de que era ella porque recuerdo su cara en el hospital. Lo cargó rápidamente y se lo llevó de la escena.

Tito me haló para seguir viendo y fue como si hubiésemos viajado en el tiempo o en el espacio: pasamos de estar en un jardín con piscina a la sala de emergencias del

hospital. Pude ver en carne y hueso cómo le pasaban cargas eléctricas a él, y a su lado estaba yo. Entendí que compartimos un momento de muerte, pues nuestros corazones volvieron a latir al mismo tiempo después de múltiples intentos de revivirnos; pude ver el dolor de su mamá en los ojos... no lloraba, pero vi como su mundo se desmoronaba. También vi en el fondo, en las puertas del hospital, a mi hermano y a mi mamá. Pude observar desde otra perspectiva todo lo que pasó mientras yo estaba inconsciente. Suena un poco loco, porque es sólo un sueño, pero... yo creo que hay algo más detrás de todo esto, porque se siguen repitiendo una y otra vez los sueños, siempre con una imagen distinta.

Desperté de golpe después de un último electroshock con el sonido de los latidos de dos corazones, bañada en lágrimas. Quise llamar a mi madre, pero vi la hora y ya iba tarde. Me arreglé lo más rápido que pude y salí corriendo a donde Alberto. Llegué a su habitación; él también tenía un cuarto para él solo.

AMY

¿No te gustan los compañeros de cuarto?

ALBERTO

(sarcástico)

HOLA ALBERTO QUE LINDA TU HABITACIÓN...

AMY

Estúpido, tu entendiste.

ALBERTO
Digamos que... me gusta mi soledad.

AMY
Sí, tomando en cuenta que soy tu única amiga y la única persona con la que hablas, entiendo. Tranquilo, yo también tengo una habitación para mí sola.

ALBERTO
Gracias por la afirmación, pero era obvio desde el día que te conocí.

AMY
Gracias. Qué lindo. JA JA, muy gracioso tú siempre.

Me quitó la botella de jugo de naranja que me pidió que llevara. No sé porqué me vino a la mente el flashback de Tito ahogado y se me aguaron los ojos; Alberto se dio cuenta.

ALBERTO
(preocupado)

¿Qué tienes?

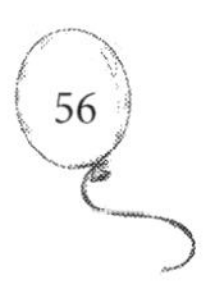

AMY

Nada, necesito preguntarte algo... y no me digas que estoy loca, porque eso ya lo sé, pero necesito que me tomes en serio.

ALBERTO

(burlón)

Va a estar difícil, pero a ver... ¿qué pasa?

AMY

He estado teniendo sueños, pero parecen reales... como si fuera otra dimensión mostrándome algo de mi pasado.

ALBERTO

¿Por qué piensas eso?

AMY

No lo sé, te explico... al bebé de la foto lo conocí en el hospital. Bueno, primero lo conocí en mis sueños, pero no sabía que era él hasta que desperté y lo vi en la camilla que estaba a mi lado.

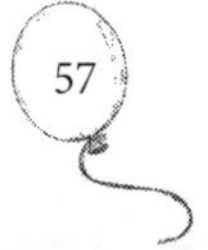

ALBERTO
¿Y por qué estabas en el hospital?

AMY
Me caí y me pegué muy fuerte en la cabeza.

ALBERTO
¿Y el bebé? ¿Tito, no?

AMY
Bueno, justamente soñé con eso. Caminaba con él de la mano y me mostraba lo que le había pasado, pero no sé si es real o si es un sueño y ya... tengo días cuestionándome que le pudo haber pasado.

ALBERTO
Entiendo...
(pensativo)

Mira, yo creo en los sueños. Son complejos de interpretar a veces, y usualmente nos dan mensajes que no entendemos a la mañana siguiente pero que al paso de la vida vamos entendiendo, poco a poco. Creo que primero debes aceptar lo que te pasó a ti para poder entender lo que le pasó a él.

AMY

¿Qué quieres decir con eso?.

(nerviosa)

Te dije que me caí.

ALBERTO

Amy, no hablo de si tuviste un accidente, o te caíste o lo que sea, hablo de lo que te pasa a ti.

AMY

Explícate.

ALBERTO

¿Qué piensas de la vida?

AMY

Que vivir es respirar.

ALBERTO

(gracioso)

RROR 401 ahí, mi querida Amy.

AMY

¿Por qué?

ALBERTO

Porque hay quienes no respiramos y aún así estamos vivos, mientras que otros respiran y caminan, pero por dentro están muertos.

AMY

¿Cómo? No entiendo.

ALBERTO

Es un decir, Amy. Busca la vida dentro de ti, dentro de tus sueños... Tienes una misión.

AMY

Wow. Te queda bien el papel de persona seria.

ALBERTO

Y... mataste el momento, niña... Sólo para que sepas, es WAO no WOW.

AMY

Perdón, no estoy acostumbrada a tener conversaciones así.

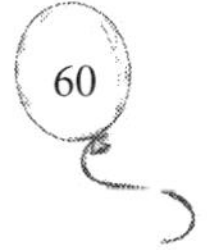

ALBERTO
¿Y la psicóloga?

AMY
No me cae bien.

ALBERTO
¿Te cae bien alguien aparte de mí?

AMY
No realmente.

Se atragantó de la risa, y empezó a comer. Pasamos un buen rato. Me contó muchas cosas sobre las tradiciones judías que yo no sabía; leyó un poco sobre el libro que me regaló la mamá de Tito, y me explicó lo que es.

ALBERTO
Eres muy afortunada: un regalo así no le pasa a todo el mundo, muchos menos de un desconocido.

AMY
Sí, la verdad... aunque no entiendo hebreo, tener este libro conmigo me da paz, aún y cuando no conozco el motivo.

ALBERTO
Hay conexiones que

trascienden la vida,
Amy.

Le sonreí y me quedé callada. Saqué mi celular para tomarnos una foto y enviársela a mi mamá.

25 de junio

Tito y yo caminábamos de la mano nuevamente; estábamos en un parque con globos de nuevo, él como siempre muy risueño y yo parada, cuestionándome todo. Seguía sin entender el significado... lo único que tenía claro es que él quería mostrarme algo. Caminamos y entramos a mi casa; mis padres estaban sentados en la cocina, y pude oír cómo hablaban de separarse.

ANGELA
Quiero que te vayas de la casa, Jaime.

JAIME
Tratemos de resolverlo,

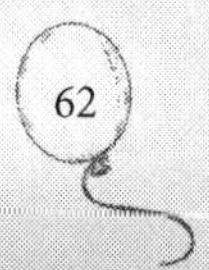

no quiero que terminemos.

ANGELA

¿Terminar? Jaime, esto no es un noviazgo. Tú decidiste irrespetarme al irte con la puta esa.

JAIME

Te equivocas, no hay nadie más.

ANGELA

¿No? ¿Estás seguro?

JAIME

Sí.

ANGELA

Entonces córre a la mujercita esa de la compañía. Eres el dueño, puedes hacerlo.

Mi papá la miró con dudas en los ojos.

ANGELA
(fúrica)

Si es cierto que quieres quedarte y arreglar esto, por tus hijos y por mí, córrela.

JAIME

No metas a los niños en esto.

ANGELA

No me cambies el tema.

JAIME

¿Por qué no te tranquilizas y lo hablamos después?

ANGELA

O la corres o te corro yo a ti.

JAIME

Está bien, está bien Ángela.

(continuación)

Mañana a primera hora firmo su salida de la empresa.

Mi mamá se sentó callada, victoriosa, y mi papá se fue de la escena muy molesto.

JAIME

Espero que ya estés contenta.

Pasamos de mi cocina a la casa de Tito, en donde me mostró a su familia; estaban todos desayunando juntos, Tito incluido. Pude ver lo felices que eran, cómo disfrutan los unos de los otros, pero de pronto vi

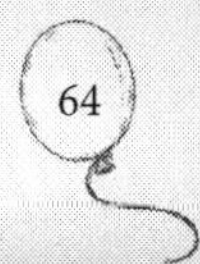

un cambio de ambiente: Orly, su mamá, estaba parada en la cocina, Tito ya no estaba en su silla de bebé, sus hermanos lucían desanimados y su papá, frustrado. Me sentí mal... miré como seguía agarrando mi mano, y continuamos caminando.

Pasamos a estar en un hospital, en donde lo vi a él acostado en una camilla, atado a tubos y máquinas que lo mantenían con "vida", si es que respirar por un tubo se le puede llamar así. Estaban en la habitación un doctor y Orly.

DOCTOR

Orly, el niño está en un coma muy profundo. Su estado es muy delicado; después del accidente, su cerebro pasó mucho tiempo sin oxígeno debido a que su corazón dejó de latir mientras lo trasladaban de tu casa al hospital.

ORLY

Lo entiendo doctor, pero investigué. El tratamiento de células madres. En mi país no se puede, pero vine hasta acá porque usted es el mejor neurólogo de Estados Unidos.

DOCTOR

Lo sé, me lo dijo por teléfono; este es un tratamiento sumamente costoso y estadísticamente hablando funciona en uno de cincuenta pacientes. Tu hijo no está en condiciones para aceptar el tratamiento.

ORLY

Por favor, doctor, al menos inténtelo. Él revivió: estaba muerto cuando lo encontramos, y revivió en el hospital después de 12 minutos sin respirar. Por favor.

DOCTOR

Lo siento.

Sentí una impotencia enorme al escuchar que el doctor estaba indispuesto a ayudarlos; nada le costaba intentarlo, así fuese haciéndole exámenes previos a Tito para ver si era candidato. La mirada de Orly, perdida y devastada, perforó mi corazón. No entendía cómo era posible que a un bebé de tres años se le arrebatara la vida así, sin él quererlo. Desperté agitada y molesta, y me miré en el espejo.

"Lo único que hacía era odiarme por haber sido yo quien recibiera una segunda oportunidad; él no tuvo chance ni de saber lo que significa estar vivo."

4 de Julio, 2008.

Otro día más, otro encuentro con la psicóloga, otro día de más preguntas y ninguna respuesta.

PSICOLOGA
¿Cómo sientes que te has adaptado?

AMY
Normal.

PSICOLOGA
¿Has hecho amigos?

AMY
(sonriente)
Sí, Alberto.

PSICOLOGA
¿Te gusta?

AMY
(apenada)
No eww, sólo somos amigos.

PSICOLOGA
Muy bien. Cuéntame un

poco más sobre él.

AMY

Es muy simpático, y noble. No es como los demás chicos; con él puedo hablar sin sentir que quiere ser algo más que un amigo. Y me escucha. Me cae muy bien, la verdad.

PSICOLOGA

Qué bueno, me contenta escuchar eso, Amy. ¿Te parece si jugamos el juego de la primera vez?

AMY

No le veo gracia, pero está bien.

PSICOLOGA

Ya sabes, primera palabra que te venga a la mente.

AMY

Sí, ya sé.

PSICOLOGA

¿Cómo te has sentido?

AMY

Acompañada.

PSICOLOGA

¿Cómo está tu familia?

AMY

Mal.

PSICOLOGA

¿Qué puedes hacer para cambiarlo?

AMY

Nada.

PSICOLOGA

¿Por qué?

AMY

No me corresponde.

PSICOLOGA

Esas fueron tres palabras, pero muy bien. ¿Te diste cuenta?

AMY

¿De qué?

PSICOLOGA

De que te dejas afectar por problemas que no son tuyos y que no son

tu culpa, por lo que terminas cargando con un peso emocional que no te pertenece. Sin pensarlo te diste cuenta de que no te corresponde que no hay nada que puedas hacer para solucionar la situación de tus padres.

AMY

¿Y qué se supone que haga? ¿Ser insensible y no reaccionar?

PSICOLOGA

No, Amy. Pero no te eches la
culpa, porque no la tienes.

AMY

¿Qué hago entonces?

Me quedé pensativa, y por primera vez en la vida vi las cosas como realmente eran. Sentí un alivio, suspiré y fue como si soltara un gran peso sobre mí.

Había quedado en verme con Alberto a las 5. Era un poco temprano, pero decidí acercarme al café donde nos íbamos a encontrar para escribir un poco; tenía días intentando escribir textos y cosas que a veces pienso, pues he estado sintiendo cómo mis emociones se han

intensificado últimamente y quiero dejarlo por escrito en caso de que, en un futuro, Amy rebelde decida actuar de nuevo. Estaba sentada leyendo mi diario, dibujando y tratando de conectar ciertas cosas que abruman mi mente y que no he podido hablar con nadie, cuando de repente Alberto me tomó desprevenida, asustándome por detrás.

AMY
(exaltada)

Idiota, ¿cómo se te ocurre? Casi me matas de un susto.

ALBERTO
Tienes que estar prevenida siempre, ¿imagínate que hubiese sido un ladrón?

AMY
No seas ridículo, estamos en un colegio con protección.

ALBERTO
¿Qué escribes? ¿Poesía?

Alberto me quitó el diario de las manos.

ALBERTO
(en voz alta)

"Me parece increíble cómo los sueños pueden presentarnos

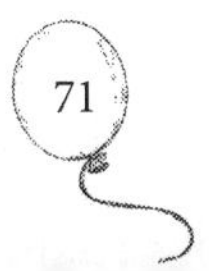

a personas que no conocemos; a veces ni caras tienen, pero me he adentrado en una realidad alterna que es completamente lúcida, o eso parece. Camino perdida en mi realidad y me encuentro en mis sueños, buscando pistas que no sé si están ahí; desconozco si algún día voy a obtener las respuestas pero, ¿cuál es el propósito de un sueño? ¿Es un estado de tu subconsciente mostrándote cosas que quieres que pasen? ¿Que pueden pasar, que van a pasar, o que están pasando en ese preciso momento? De pronto es que quizá ya pasaron: pensamientos, deseos, o tu misma imaginación queriendo responder preguntas que no te atreves a hacer en voz alta. Pero, ¿cómo está todo esto conectado con la realidad? ¿O soñamos porque queremos vivir en otra?

De ser así, ¿entonces cuál es el propósito de una pesadilla? Qué sé yo. Lo que sí sé es que soy una adolescente intentando descifrar sueños que tengo constantemente en los que el protagonista es un niño de tres años."

ALBERTO
¿Tú escribiste esto?

AMY
Sí.

ALBERTO
Vaya, vaya, señorita. ¿Lo has compartido?

AMY
No, ¿estás loco?

ALBERTO
¡Es muy bueno!

AMY
No, es para mí. Y ya, dámelo.

ALBERTO
Vaya que eres egoísta, Amy. Deberías

compartir tu AJÁ, no todos llegan a eso, y un pequeño impulso ajeno no le viene nada mal a nadie.

AMY

¿Ah? ¿De qué hablas?

ALBERTO

Serías un hit. Es más, voy a abrir un blog llamado "AMY, LA NIÑA QUE SE EVAPORA" y voy a montar esto. Vas a ser muy famosa y cambiar muchas vidas.

AMY

Dámelo, por favor.

ALBERTO

Está bien, amargada. Es una pena, podrías ayudar a mucha gente compartiendo lo que escribes, incluso a ti misma.

AMY

(suspirando)

¿Recuerdas lo que te conté el otro día? ¿De mis sueños y el hospital?

ALBERTO
¿De cómo morías en el hospital porque un vampiro succionó tu sangre?

AMY
JA JA, muy chistoso.

ALBERTO
¿Qué? Son reales.

AMY
Estoy hablando en serio...

ALBERTO
Vale, vale, a ver, ¿qué pasó ahora?

AMY
Te mentí: no fue un sueño, y no fue un accidente.

ALBERTO
Yo sé.

AMY
¿Cómo que tú sabes? ¿Qué es lo que sabes?

ALBERTO
No sé nada. Sólo

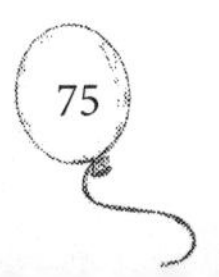

conecté el psicólogo y el viaje para 'empezar de cero' en otro país y pues... supuse que algo había pasado, pero no quise preguntar.
Estaba esperando a que tú quisieras contarme.

AMY
Mmmm...

ALBERTO
No tienes que contarme. Lo que sea que haya pasado te hace siempre una mejor persona. Es tu decisión.

AMY
Mira, como yo lo veo es que el miedo es una manera inmediata de enfrentar las dualidades de la vida: crecer o huir. Estás a una decisión de poder ser lo que quieres ser, porque querer siempre es poder.

AMY
Pero... no creo poder hacerlo sola.

ALBERTO
El problema es que crees que no puedes, y la solución está en decirte que no estás sola, por ningún lado.

AMY
Nadie me apoya, nunca he hablado de esto con nadie.

ALBERTO
A ver, Amy, repite conmigo A – L – B – E – R – T – O, mi nombre es ALBERTO, no nadie. Grosera.

Me sacó el aire de tanto que me hizo reír.

AMY
Me refiero a mi familia, tonto. Ni siquiera sabes lo que pasó; capaz me crees loca y sales corriendo.

ALBERTO
Tienes que aprender a ver más allá de lo que tus ojos ven, Amy. La vida es mucho más que

solo respirar.

AMY
Lo sé, y sí, tiene sentido lo que dices... supongo.

ALBERTO
No tienes que decirme nada. Acepta primero lo que pasó, y el día que te sientas tan segura de ti misma como para compartirlo, yo voy a estar aquí para escucharte. Nunca olvides que la vida es una evolución constante: seguirás presenciando acontecimientos que te cambiarán la vida para siempre.

Alberto se levantó de la mesa, mirándome a los ojos; agarró mi cuaderno y lo puso frente a mí.

ALBERTO
Siendo tú, yo agarraría mis piezas rotas y las convertiría en arte, en vez de lamentarme por haberme roto. Tú ya empezaste, no te subestimes tanto.

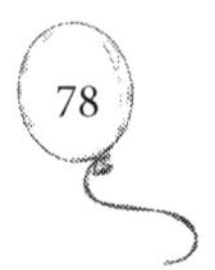

Me abrazó, y yo me perdí en mis pensamientos.

AMY
¿A dónde vas?

ALBERTO
I have English class.

AMY
Vayaaaaaa, listen to yourself.

ALBERTO
Sí, ya, no exageres.

AMY
You are a great bff, Alberto.

ALBERTO
No sé qué quisiste decir, pero le preguntaré a la profesora; si es algo lindo entonces "thank you very much" y si no, bueno... te lanzo a la piscina después.

Se fue a su clase y yo me quedé escribiendo un rato más. Luego fui a mi habitación a dormir; al día siguiente tenía cita con la psicóloga de nuevo.

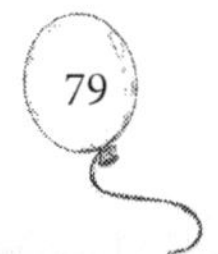

7 de julio, 2008.

Aparecí en un cuarto en el que estaba Tito acostado, y supuse que era su habitación. Mientras él estaba atado a máquinas y tubos, una enfermera entraba y salía. Esta vez él no me acompañaba; me encontraba sola dando un recorrido por su casa. Su hermanito como de unos 7 años entró, y detrás de él venía Orly, quien se quedó parada en la puerta.

ORLY

Cuidado, Sam, no vayas
a
desconectarle nada.

SAM

Voy a enseñarle un
juego.

Sam comenzó a jugar con hilos, haciendo figuras con ellos; se las mostraba a Tito como si estuviera despierto jugando con él. Hizo la figura de la Torre Eiffel, luego la de un puente, mientras le hablaba y le explícaba cómo se hacía cada figura. Orly salió del cuarto, y yo me quedé parada en la puerta viendo cómo Sam jugaba con Tito.

SAM

(susurrándole a Tito)

No sé si me oyes,
yo creo que sí, pero,
¿sabes, hermanito? Te
extrañamos corriendo

por la casa. Deberías
despertar pronto, mami
llora mucho por las
noches. Te queremos.

Le dio un beso en la frente y salió del cuarto; yo lo seguí y entré al parque donde siempre me encuentro con Tito. Él, como siempre, estaba jugando, saltando, brincando, divirtiéndose y riendo: sabía cómo transmitirme felicidad y tranquilidad después de haber sentido un profundo dolor al verlo acostado en su cama. Tito se sentó en la grama, donde tenía un montón de hojas y crayones. Comenzó a dibujar, y en pocos segundos me regaló un dibujo bastante infantil de toda su familia; se me salió una lágrima y finalmente desperté, pero no en vida, sino en un espacio en blanco, sola... Tito ya no me acompañaba, pero aún así tenía el dibujo que me había dado en el parque. Todo me daba vueltas; comencé a escuchar la máquina de los latidos del corazón con la línea recta de la muerte. Me atormentaba, e involuntariamente comencé a llorar porque no entendía; escuchaba voces desesperadas.

SAM
Mamá, por favor, ¿por
qué está temblando así?
Ayúdenlo, por favor.

Regresé al cuarto de Tito y pude ver cómo convulsionaba; las enfermeras estaban haciendo todo lo que podían. Lo vi a él junto a mí de nuevo, pero parecía un holograma, como si la línea recta de sus latidos coincidiera con su presencia en mis sueños.... Yo lloraba desenfrenadamente, sentía un miedo inexplicable de que se fuera; no entendía nada y me desesperaba escuchar el sufrimiento de su hermano. Un rayo blanco cegó mis ojos y desperté, agitada. Me paré directo al baño con un poco de náuseas; no pasó nada, simplemente me lavé la cara y me perdí mirándome al espejo. Luego me senté en mi escritorio a pensar todo lo que había pasado, y saqué mi diario. Necesitaba desahogarme.

"Ya han pasado dos semanas desde que llegué a la nueva escuela y todavía no me adapto muy bien: sigo llorando por las noches, sigo siendo infeliz a pesar de que tengo un gran amigo. Alberto se ha convertido en un ángel guardián para mí, y me aterra la idea de saber que se irá cuando termine el verano. No me siento capaz de poder hacer esto sola; sin embargo, tengo a Tito en mis sueños, contándome una historia que aún no entiendo, pero que tiene una manera muy particular de hacerme sonreír, así sea de nostalgia... me comparte su felicidad, a pesar de la adversidad que vive su familia."

Me distraje escribiendo, y sonó mi teléfono. Olvidé que

había quedado en hablar con mi mamá.

AMY
Hola ma, ¿cómo estás?

ANGELA
Bien mi vida, ¿cómo estás tú?

AMY
Bien, despertando. En un rato tengo cita con la psicóloga, y luego entrenamiento de volley. ¿Cómo están las cosas en la casa?

ANGELA
(triste)

Justo de eso quería hablar.

AMY
(suspirando)

ANGELA
(triste)

Tu papá y yo nos vamos a separar.

AMY
Está bien.

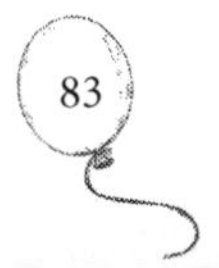

ANGELA
(impresionada)

Oh... wow, ¿estás bien? Vamos a estar bien así, mejor que ahorita.

AMY
(nostálgica)

Entiendo, la decisión que tomen está bien para mí. Con tal de que sean felices...

ANGELA
(impresionada)

¿De verdad?

AMY
(nostálgica)

Sí pues, no hay nada que yo pueda hacer al respecto, es decisión de ustedes.

Entendí que hay situaciones que no dependen de mí, y que no importa lo que yo diga o sienta, soy tercera persona en la relación de mis padres: diga lo que diga o haga lo que haga, la decisión final es de ellos. Juntos o separados, seguiré siendo hija de los dos, y sé que siempre estarán para mí... aunque no sepan cómo demostrarlo, aunque se equivoquen, todos somos humanos y errar es parte de nosotros. También entendí que hay cosas que ni la psicóloga ni Alberto pueden responder, pero que sí me pueden escuchar. Especialmente ahora que ya he aprendido a hablar, a comunicarme y a hacerme notar... un poco, al menos. Mi sesión con la doctora estuvo bien; nada importante que contar, pero salí con muchas ganas de decirle todo a Alberto, y por primera vez no me sentía avergonzada de lo que había hecho.

Toqué a su puerta desesperadamente. No sé porqué me sentía así, pero tenía ganas de sacarlo todo. Alberto abrió la puerta sorprendido, y en pijamas.

ALBERTO
(sarcástico)

Ugh... pensé que era la pizza.

AMY
(confundida y un poco perdida)

¿Qué?

ALBERTO

Es muy tarde para que entiendas mis chistes, pasa...

AMY

Estoy lista.

ALBERTO

¿Para qué? Ni siquiera estoy vestido. Pensaba quedarme todo el día viendo televisión.

AMY

(respira hondo)

Para contarte todo.

ALBERTO

(burlándose)

Ahhhhh... obvio, se me había
olvidado que teníamos sesión
terapéutica.

AMY

(nerviosa)

No me juzgues, ¿okay? Ya acepté lo que pasó y lo que soy.

ALBERTO

Antes de que empieces, quiero que sepas que yo jamás te juzgaría. Te convertiste en mi mejor amiga; quizá no tengamos mucho tiempo juntos,pero... eres especial, y he

notado una gran diferencia entre lo que eres hoy a lo que eras el día que te conocí.

AMY

Ehh... hace como dos meses.

ALBERTO

El tiempo es una ilusión, pero bueno, enfócate y dime.

AMY

Soy epiléptica.

ALBERTO

Claro, eso explica las misteriosas pastillas que llevas en tu cartera siempre.

AMY

Oye, eres un espía.

ALBERTO

Presto atención, querida. Tengo que estar preparado por si te pasa algo.

AMY

(confundida)

ALBERTO

Sí, digamos que investigué un poco apenas vi el nombre de las pastillas.

AMY

¡Creep! Pero bueno, tuve una convulsión y mi mamá me encontró en el piso de mi baño con un golpe muy fuerte en la cabeza; fue el ataque epiléptico lo que me llevó a un paro respiratorio y me dejó inconsciente por varios días. Ahí fue cuando empecé a soñar con el bebé.

ALBERTO

¿Tito?

AMY

Vaya que si prestas atención, joder.

ALBERTO

Te dije.

(orgulloso de sí)

¿Es todo?

AMY

Sí, eso creo. No sé... no recuerdo muchas cosas.

ALBERTO

No estás lista. Está bien, yo entiendo.

AMY

Sí, eso creo. No sé... no recuerdo muchas cosas.

ALBERTO

¿Qué es lo que sí recuerdas?

AMY

(suspirando)

ALBERTO

Si hablas de eso, quizás recuerdas más.

AMY

(nerviosa y avergonzada)

El 15 de mayo perdí mi virginidad con el chico que se supone era mi novio.

ALBERTO

¿Se supone? ¿Cómo es eso?

AMY
(nerviosa y avergonzada)

Es complicado. Todo era como a escondidas, a él no le gustaba que lo vieran conmigo; decía que era mejor mantener las cosas íntimas para los dos.

ALBERTO
¿Bajo tu consentimiento?

AMY
(avergonzada)

Sí, no creí que fuera gran cosa. Estábamos juntos la mayoría del tiempo, sólo no en el colegio.

ALBERTO
Frente a sus amigos, ¿quieres decir?

AMY
Sí.

ALBERTO
Entiendo. Discúlpame por lo que te voy a decir, pero... eres una pendeja. Y él, un

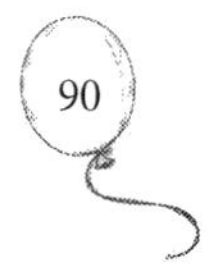

cabrón.

AMY
Hombre al fin.

ALBERTO
¡Oye!

AMY
Tú eres diferente.

ALBERTO
(presumiendo)

Lo sé. Único e inigualable.Entonces, ¿qué más pasó?

AMY
Bueno, ese día Frank fue a mi casa, y pues... pasó todo lo que tenía que pasar. Estuvo bien, pero él se fue enseguida. Al día siguiente fui al colegio y lo escuché hablando en el pasillo con sus amigos.

ALBERTO
¿Qué decían?

Quebré en llanto recordando ese momento.

AMY

Él era amigo de unos chicos que siempre decían que yo parecía lesbiana; yo trataba de no prestarles atención, pero era difícil, especialmente porque Frank no me defendía ni decía lo contrario. Pero bueno, recuerdo todo lo que él decía, como si fuera un trapo.

FRANK
(presumiendo)

Te digo, no fue tan grave brother, lo único que hice fue pensar que no era ella y ya.

AMIGO
(burlándose)

No puedo creer que te la agarraste.

FRANK
(amenazándolo)

Esto no sale de aquí, ¿estamos? Fue sólo una apuesta.

AMIGO
(zafándose)

Relájate, no voy a decir nada, que pena que la gente sepa que tengo un amigo que se metió con esa cosa. ¿Cúanto apostaste?

FRANK

Suficiente como para llevar a
Alison a una cita de verdad.

AMIGO

Eso espero bro, porque de verdad... Mírala: parece lesbiana.

AMY

(hablándole a Alberto)

Recuerdo que caminé hasta donde estaban ellos para que Frank me viera... y lo que hicieron fue reírse. Salí corriendo al baño y pasé todo el día llorando. Cuando llegué a casa no tenía con quien hablarlo; después de ahí no recuerdo mucho, realmente. Supongo que es algo que no quiero recordar. Siempre era así en la escuela: todo el mundo pensaba que yo era lesbiana, y eran rumores tras rumores.

ALBERTO
Lo siento mucho.

AMY
Ni que fuera tu culpa. Me hubiese gustado conocerte antes; estoy segura de que me hubieses parado de hacer esa tontería.

ALBERTO
La verdad sí, siendo tú me hubiese gustado conocerme antes.

AMY
(suspirando)

Supongo.

ALBERTO
Amy, nada de esto es tu culpa. Bueno sí, un poco, no pusiste límites y dejaste que te usaran, pero a los quince, ¿qué sabemos? No pasa nada. Todo pasa por algo; a pesar de que no

sepamos la respuesta, siempre hay un 'porqué' que le dará sentido a todo.

AMY
Eres tan maduro a veces.

ALBERTO
¡Hey! Siempre lo soy, pero me gusta bromear... me da un sentido del humor que me hace muy yo.

AMY
Eres increíble, eres como... no sé, un Ángel.

ALBERTO
No te vayas a enamorar de mí eh... que ya estamos los dos en el friendzone.

AMY
Ewwwww no, cállate. Lo decía porque eres diferente, porque eres un amigo de verdad... incondicional, ¿sabes?

ALBERTO

¿Qué significa para ti la palabraincondicional?

AMY

Wao… eso es una pregunta bastante… profunda.

ALBERTO

No tienes permiso de morir, niña que se evapora; o bueno, en tu caso, no tienes permiso de evaporarte… todavía.

AMY

Todos vamos a morir en algún momento, ¿no?

ALBERTO

No antes de que encuentres el WAO y el AJÁ.

AMY

¿A qué te refieres?

ALBERTO

¿Sabes esa sensación de admiración cuando escuchas o aprendes algo nuevo? ¿Cuando un acontecimiento o una

persona te impresiona tanto que te cambia la vida, te impacta y te da en el corazón, que se te pone la piel chinita y tus latidos se aceleran? Involuntariamente dices WAO muy bajito, casi en silencio, donde sólo tú puedes escuchar. En ese instante un brillo en tus ojos hace que resplandezca tu mirada, revelando admiración por el momento que estás viviendo, sin importar la persona o la soledad. No importa nada más que ese pequeño momento de impacto para reconocer tu primer paso hacia la evolución.

AMY
¿Y el AJÁ?

ALBERTO
Es diferente para todos, yo aún no he encontrado el mío. Pero sé que lo sentirás y lo gritarás. Parecerás una loca... pero lo sentirás

tan dentro de ti que no podrás contenerlo. A veces de emoción, a veces puede ser de nostalgia, con un tasfondo de felicidad... todo depende, yo aún no lo alcanzo.

AMY

Pero, ¿qué es?

ALBERTO

Todo.

AMY

Especifica.

ALBERTO

Déjate impresionar y deja la preguntadera. El punto de todo esto es que no tienes permiso de morir, no antes de encontrarlos. ¿Okay?

AMY

Y tú no tienes permiso de irte cuando se acabe el verano.

ALBERTO

Vamos a ver cómo te comportas estas semanas que me

quedan.

Se bebió toda la botella de coca cola que quedaba.

Pasamos un buen día, como siempre cuando se trata de Alberto. Aunque por algún motivo comencé a preguntarme cosas que desconocía: no sabía nada de su familia, de dónde eran o qué hacían. Quería saber más sobre él, pero preferí irme a mi habitación a dormir; había tenido un día difícil a nivel emocional, y aunque acepté la noticia del divorcio de mis papás, igual tenía que digerirlo todo... lo cual no era nada fácil.

A la mañana siguiente desperté con un mensaje de mi hermano y uno de Frank, mi exnovio. Tenía tiempo sin hablar con ninguno de los dos; no me habían escrito y yo, por orgullo, tampoco a ellos.

Derek

Hermanita, sé que no hablamos mucho, pero quiero que sepas que te extraño y que cuentas conmigo. Eres mi persona favorita, y quería recordarte que siempre te voy a querer; no importa lo que yo haga o diga, lo que tu hagas, no importa nada. Te quiero y ya. —Tu hermano

Frank

¿Vas pendiente de un segundo encuentro?

Sonreí después de leer los mensajes y entendí a lo que se refería Alberto el otro día: el verdadero significado del amor, y del amor incondicional.

Amor

Gracias por ser ese que me llena de ilusión todos los días.
Gracias por ser ese que me hace dormir en paz,
bajo la tranquilidad de sentirte.

Gracias por ser el motor de la vida,
por ser parte de lo que somos.

Gracias por tener la fuerza para guiar mis pasos,
y por dejarme caer
para por ti mismo levantarme.
Eso eres tú, amor.
Lo que se ve en las noches
y lo que se siente en el estómago.
La razón de las más lindas canciones,
e incluso las no tan lindas.

Eres el que inspira los poemas, los libros,
y no siempre eres sinónimo de sexo,
pero si del concepto de la "verdad".
Siempre vas por delante y cuando no,
eres el que despierta por detrás.
Llegas para sorprender
y cuando menos te buscamos.
Pero siempre llegas, soy testigo.

Eres el sentimiento más incierto,
y ciertamente sin medida alguna.
Sin embargo, a veces eres amor,
pero a veces pasas y
te quedas siendo brevedad.

Y es ahí cuando te cuestiono...
y entiendo que hay otra carta que debo escribir
a tu otro tú, a otro tipo de amor.

Amor Incondicional

Eres ese que a veces duele, pero siempre está.
Eres ese que nunca se va,
que desafía las circunstancias
y no le importa el qué dirán.
Eres ese que habita en pocos
y que divaga por la vida sin ser valorado.

El que menos se aprecia
y el que nunca condiciona,
al que llenan de errores,
al que inculpan sin entender que sin importar...
siempre estará.

El que acompaña tus demonios,
El que te incita a amarlos
y a dejar de rechazar su existencia.
El que te enseña que eres dos signos:
positivo y negativo,
que eres humano y tu esencia te define.

El que te muestra el verdadero camino del amor
y el que te da a entender que a veces dejar ir...
es un acto de amor en sí.

Eres eso.
A veces distante, a veces ausente...
Sinónimo de verdad,
de pureza,

de presencia y consistencia.

Eres y estás,
del verbo SER.
Y de ese verbo,
tú, eres la conjugación correcta.
Ahora te pregunto, a ti que me lees:
¿Eres amor? ¿O amor incondicional?

No importa si no eres los dos,
ninguno está bien o mal,
pero siempre es bueno
tener la claridad.
Porque así podrás saber en dónde quedarte,
y en dónde no.

WAO
"Vas a querer compartir
a los oídos del universo
que has encontrado el
propósito de tu vida"

Otra terapia más.

PSICOLOGA
¿Cómo te sientes hoy, Amy?

AMY
¿Por qué siempre me preguntas lo mismo?

PSICOLOGA
Porque siempre es un día nuevo, y siempre nos sentimos de diferente manera. Yo quiero saber cómo te sientes hoy.

AMY
Bien, estoy... mejor, me siento mejor.

PSICOLOGA
¿Por qué te cuesta tanto expresar tu alegría?

AMY
No sé, no soy muy afectiva.

PSICOLOGA
¿Cómo está tu amigo?

AMY
¿Alberto?

PSICOLOGA
¿Me lo enseñas? El parece ser la única persona que te hace sonreír.

AMY
No sólo él. Tito también.

PSICOLOGA
¿Quién es Tito?

AMY
Oh... ehm, el bebé del hospital.

PSICOLOGA
No hemos hablado de eso aún, si quieres podemos.

Saqué mi celular y le mostré una foto de Alberto, para no hablar del tema, pero ella no dijo nada.

PSICOLOGA
¿Quieres hablar de tu visita al hospital?

AMY
(evasiva)

Tuve una convulsión y

me golpeé la cabeza.

PSICOLOGA
Suenas molesta.

AMY
Sí, porque no entiendo cómo yo sí me recuperé y Tito no. Y es injusto.

PSICOLOGA
¿Qué es injusto?

AMY
Yo viví, y Tito no.

PSICOLOGA
¿Por qué crees que es injusto que tú hayas vivido?

AMY
No sé, no importa.

PSICOLOGA
Amy, no todos los accidentes tienen el mismo efecto. El tuyo no fue grave, es una condición que tiene control.

AMY
No es una condición, es

una consecuencia.

PSICOLOGA
Háblame más de Tito, para poder entender un poco mejor.

AMY
No hay mucho que pueda decir; no lo conocí, compartimos cuarto de emergencia solamente. Su madre me dio un regalo y desde entonces he tenido sueños con él.

PSICOLOGA
¿Qué tipo de sueños?

AMY
No sé cómo explicarlo... sueño
(evasiva)
con él, con su familia, con su accidente.

PSICOLOGA
¿Y por qué crees que pasa eso?

AMY
Me molesta que yo me recuperé y él no. Es

un bebé de tres años, ni siquiera ha llegado a la conciencia de lo que es vivir; no ha tenido la oportunidad de preguntarse qué es la vida.

PSICOLOGA
¿Desde cuándo eres epiléptica? ¿Desde pequeña?

AMY
17 de mayo de este año.

Comencé a hiperventilar y a llorar; le conté lo que él me mostró a través de mis sueños y se me fue la hora de la sesión hablando y hablando hasta que terminé. Respiré profundo y cerré los ojos.

Orly hablaba con el doctor; era como una secuencia del último sueño en el que el doctor le rechazaba una y otra vez la oportunidad del tratamiento de células madres. La línea de los latidos pasó a ser línea recta, y Tito apareció nuevamente de mi mano. Finalmente entendí porqué aparecía en mis sueños: cada vez que él estaba al borde de la muerte aparecía ante mí como canal para entender lo que le pasaba, y siempre tenía la respuesta de un porqué, aunque en el momento no fuera tangible, o positivo, para su familia.

Mientras el doctor seguía repitiéndole a Orly que no haría el tratamiento, Tito entró en ataque epiléptico;

los doctores y las enfermeras hacían lo que podían. Yo miraba todo muy desconcertada. Me agaché y le pedí a Tito que por favor volviera; él lloraba y cerraba sus ojos, pues no quería verse a sí mismo. Me abrazó, por primera vez... ya no sólo tomaba mi mano: me abrazó fuerte, como si tuviese miedo. Vi la cara de Orly y todo en cámara lenta, y de repente la expresión del doctor cambió; Tito se estabilizó, y se desvaneció en mis brazos.

DOCTOR

Daré la orden para que hagan los exámenes previos, a ver si cumple con los requisitos para hacer el tratamiento. No prometo nada Sra., pero lo haré.

ORLY

Orly, dígame Orly, por favor.

DOCTOR

Está bien, Orly. Necesito que su esposo firme los papeles del permiso.

ORLY

Sí, por supuesto que sí.

DOCTOR

Rápido, antes de que me retracte.

ORLY

Gracias doctor, de verdad, en nombre de toda mi familia, gracias.

Orly secó sus lágrimas y se acostó en la camilla con Tito; le daba miles de besos en la frente.

ORLY

Te necesitamos, mi Tito. Sé que vas a volver, yo lo sé... tienes que.

Eran las 2 AM cuando desperté; llamé a Alberto porque no quería estar sola. Necesitaba de su compañía para procesar el hecho de que tenía que soltar la idea de Tito siempre en mis sueños; aunque me mostraba cosas feas que me hacían llorar, también me enseñaba cosas lindas (su sonrisa, principalmente). Tito me daba la oportunidad de verlo en vida y en muerte; sabía que debía dejarlo ir para que regresara con su familia... y no sé si estaba lista para soltarlo.

Alberto tocó la puerta de mi casa, lo llamé porque necesitaba hablar, y apenas entró lo abracé sin soltarlo, bañada en lágrimas.

ALBERTO

(entrando a mi departamento)

Hello hello... Uno a uno entrega a domicilio, terapias personales marca al 01-800 ALBERTO.

AMY

Nunca cambies.

ALBERTO

(animándome)

Por esas lágrimas es que decidí traer sodas. Les tapé el logo de Coca-Cola para que parezca cerveza; así podemos creernosmayores de edad en un país donde a los 18 puedes ir a la guerra, pero necesitas tener 21 para tomarte una cerveza legalmente. Qué locura, en fin... Coca-Cola en forma de cerveza.

No podía faltar una risa; me abrazó, dándome un beso en la frente.

ALBERTO

(mientras tomaba un poco de coca cola)

A ver, escúpelo todo. Creo que te voy a empezar a cobrar... especialmente a estas horas de la noche eh.

AMY

Mjum.

ALBERTO

En serio, cuéntame, ¿qué pasó?

AMY

Prométeme que nunca te vas a ir de mi vida.

Siempre Vs. Nunca

Lo que involucran las promesas que nunca se cumplen, y que el tiempo siempre desmiente; las conjugaciones que nunca debemos pronunciar,
pero que siempre usamos para prometer.

ALBERTO
(preocupado)

¿Qué pasa? ¿Por qué estás así?

AMY

Mis sueños... Cada vez que sueño con Tito presencio un momento en el que él está muriendo; a veces sueño que lo veo vivo, con su familia, contentos, pero después aparece a mi lado, y ya entendí que cuando aparece es porque algo está pasando. Para que él pueda recuperarse debo dejarlo ir: yo soy la razón por la cual él no sale del coma.

ALBERTO
Wou, wou, calma Amy, no te des tanto crédito. Él claramente tiene un propósito contigo, pero... quizá tú también tienes un propósito con él.

AMY
¿Qué podría enseñarle yo a él?

ALBERTO
Más bien, ¿en qué podrías ayudarlo tú a él? ¿O a su familia?

AMY
Prométeme que nunca te irás.

ALBERTO
Me voy en 3 semanas.

AMY
De mi vida, prométeme

que seremos amigos
por siempre.

ALBERTO
Te lo prometo.

AMY
Yo a ti, peque.

Sin duda alguna calmó mi noche, y se quedó hasta que me quedé dormida de nuevo. A la mañana siguiente me desperté y no estaba; sólo recuerdo que me dormí y él seguía ahí.

Amigo, siempre.

Entendemos por 'amigo' a ese que está presente
en los momentos difíciles y no se marcha, o no 'debería',
pero creo que un verdadero amigo
va muchísimo más allá de eso.

Un amigo es aquel que se equivoca,
un amigo es el que perdona y se queda "a pesar de...".
Un amigo es también ese que te incentiva
a hacer cosas que te dan miedo o te provocan inseguridades,
a quien en ocasiones le agradeces ese impulso
porque te hizo una mejor persona,
porque gracias a ese 'consejo' creciste como ser humano;
te impulsó en tu carrera,
te expuso a un mundo desconocido y,
sin duda alguna, te hizo feliz,
porque eso pasó en parte gracias a ese amigo
que te convenció a arriesgarte a lo que por miedo,
veías imposible.

Un amigo es también ese que a veces se ausenta,
que veces no puede estar pero que,
de alguna u otra manera, regresa.
No siempre puede apoyarte en los malos momentos;
a veces es mejor distanciarse,
a veces no tenemos energía positiva para compartir
y es preferible alejarse
o mantenerse apartado para no contaminar.
A veces es mejor que te diga "

ahorita no puedo estar para ti,
ni siquiera tengo fuerza para mí mismo"
a que pretenda oír tus problemas sin realmente escuchar;
es mejor eso que estar presente pero mentalmente ausente, y eso parte de la verdadera honestidad.
Somos todos humanos y la ausencia no nos define:
es la valentía de expresar lo que realmente sentimos,
así implique un poco de egoísmo temporal,
lo que realmente nos caracteriza.

Hay amigos para fiestas, hay amigos para cervezas,
otros para largas pláticas con vino,
o para llorar y celebrar logros;
otros que son como tu familia aunque no compartan sangre, otros que están para balancear tus días
cuando no tienes ganas de pensar,
con aquellos que ves el mundial,
o con los que vas al cine...
Hay amigos para cada cosa,
pero hay unos que lo son para todo,
incluso cuando no pueden serlo y prefieren ser nada
porque saben que en el fondo tú entenderás
y perdonarás su ausencia.

La vida pasa, la vida sigue,
y si es real se volverán a encontrar,
sin importar las circunstancias;
un amigo es para siempre,
y por lo menos yo doy gracias al Universo
por premiarme con amigos de verdad,
más de los que muchos llegan a tener.

No te miento, algunos se han marchado,

pero dejaron una marca importante
y fueron buenos amigos mientras duró.
Otros, bueno, esos otros (y los más importantes)
llegaron para quedarse, y créanme...
si se van, yo me voy con ustedes.

Yo entiendo por 'amigo'
a aquel individuo,
ser humano o especie desconocida
sin la que no podría vivir...
se superan amores, romances, aventuras de una noche,
¿pero una buena amistad?
¿Esa con la que sonríes, lloras, ríes,
sufres su dolor, y ellos sufren el tuyo?
¿Los que te invitan de copas y pagan por ti
incluso cuando no pueden ni pagar por ellos mismos?
Esos jamás se olvidan. Esos jamás se superan.

Hay amigos para todo, y hay amigos que lo son
TODO.
Este escrito es para ustedes, mis amigos de la vida,
y también para quienes acaban de llegar,
porque el tiempo no define el lazo:
es más bien el lazo lo que define el tiempo
y esos recuerdos olvidados por la muerte de otros cuerpos.

Recuerden: no todos podemos ser amigos de todos.
El hecho de que yo de pronto
no fui una buena amiga para alguien
no me hace mala amiga,
simplemente se puede con todo el mundo.

Aunque así lo quisiéramos es difícil,
pues no todos nacimos para convivir,
pero sí nacimos para entender
que todos tenemos un camino y
nos acompañan quienes están destinados a
acompañarnos;
los demás son simplemente un encuentro
en el andar hasta que llega el cruce
que separa los dos caminos entre esa "amistad".

"Es la capacidad, la
confianza y el valor
de poder exponernos y
ser vulnerables ante las
personas que consideramos
amigos lo que construye
una verdadera amistad."

"Nunca subestimes el poder
de un beso en la frente".

29 de julio, 2008.

Llegué de mi práctica de Volleyball. La semana que viene inicia el torneo y estoy nerviosa, pues será mi primera vez jugando en equipo; si no lo hago bien, perjudico a cinco personas más, decepciono al entrenador, a mis padres y a mí misma. También tuve clase de inglés; estuvo bien, ya los chicos realmente no me han hecho bullying... ni me prestan atención, la verdad. Ya tengo un poco más de amor por mí misma y los terceros no me afectan tanto.

Después tuve cita con la psicóloga, quien me mostró el avance que he tenido haciendo comparaciones con las veces que hemos hecho su juego "para adultos". Supongo que es su forma de estimularme y hacerme consciente de mis sentimientos sin pensar en ellos, incluso de los que a veces no me doy cuenta que están. Como el miedo, por ejemplo. Que siento que vive constantemente en mí, pero evito hacerme consiente de él, por temor a que me domine. Últimamente he hecho de mis emociones negativas, un balance a lo positivo.

PSICOLOGA
¿Cómo te sientes hoy?

AMY
Tranquila.

PSICOLOGA
¿Qué tal tus actividades?

AMY
Agradables.

PSICOLOGA
¿Tu familia?

AMY
Inestable.

PSICOLOGA
¿Alberto?

AMY
Incondicional.

PSICOLOGA
¿Tito?

AMY
Incondicional.

PSICOLOGA
¿Qué es la vida?

AMY
Oportunidades

PSICOLOGA
¿Quién es la persona que más amas?

AMY
Mi hermano.

PSICOLOGA
¿Qué piensas de la muerte?

AMY
Natural.

PSICOLOGA
¿Qué son tus sueños?

AMY
Realidades alternas.

PSICOLOGA
¿Cuál es tu pasión?

AMY
El arte.

PSICOLOGA
¿Cómo te sientes ahora?

AMY
Libre.

PSICOLOGA
¿Notas el cambio? Estás más positiva, más entusiasta, más apasionada y más ágil. Has crecido emocionalmente, Amy.

"Más allá de entender la evolución, lo que realmente importa… es sentirla."

A lo lejos vi la fachada de una casa grande y bastante elegante. Orly bajó de un carro con Tito en sus brazos, sonriendo; lo besó en el cachete y entraron a la casa. Los seguí y me mantuve cerca, mirándolos desde una esquina... En ese momento, el Tito que parecía un holograma se puso junto a mí y los veíamos felices: estaban cenando juntos. Era noche de Shabbat (por lo que aprendí de Alberto): tenían todo preparado, estaban muy contentos y, como siempre, esparcían felicidad. Pero de pronto la escena dio un giro inesperado: ya Tito no estaba en los brazos de Orly sino en una silla de ruedas empujada por una enfermera. Entraron a la casa y el holograma de Tito empezó a titilar... no era permanente, estaba más presente con ellos que a mi lado. Se reunieron todos alrededor de la mesa y tuvieron su cena, y aunque la energía familiar no era la misma, continuaron con su tradición. El esposo de Orly la tomó de la mano y le sonrió; fue un breve momento de felicidad, y sus hijos (las dos niñas y Sam) sonrieron con ellos. Tito dejó de parecer un holograma y se volvió tangible para mí: me halaba la camisa y me arrastraba para salir por la puerta. Al cruzarla vi a mis padres comiendo por separado, en mesas diferentes; los dos se veían miserables, y al voltearme vi a mi hermano acostado en su habitación. Se levantó para sentarse en la esquina de la cama y en su celular pasaba fotos de nosotros juntos... supongo que me extrañaba. Sonreí por un breve instante, y pasé a estar caminando con

Tito hacia nuestro parque de encuentros felices. Esta vez, en lugar de verlo correr de un lado a otro, yo corría con él. Una parte de mí tenía ganas de despedirse, porque ya era hora de que él pudiera regresar con su familia; no me parecía justo retenerlo sólo para soñar con él. A la distancia vi a la familia de Tito: estaban comiendo juntos y ya sus hermanos se veían un poco más grandes. Tito no estaba con ellos, pero igual parecían felices; en la mesa había globos azules y tenían un pastel con el número 8. Todos cantaron cumpleaños, miraron al cielo y juntos soplaron la vela. Tito tomó mi mano para que me volteara y al hacerlo pude ver a mi familia comiendo igual que la de él: los tres juntos, pero sin mí. Se veían tristes, como si algo les faltara, y supongo que era yo. Aunque no estuviéramos contentos los cuatro antes de yo irme al internado, de alguna manera nos complementábamos y cada uno en el fondo sabía que todos estábamos allí, a pesar de las circunstancias que se esparcían en nuestro hogar. Poco a poco iba entendiendo el propósito de mis sueños, y aunque me llenaban el corazón de esperanza, sentía miedo de querer aceptar el posible futuro incierto que me deparaba. Quería regresar a mi casa; a Alberto le quedaban pocas semanas en el campamento y yo quería ir a estar con mi familia. Quizá yo no tenga la última palabra para arreglar las cosas, pero al menos podría brindar un poco de luz en casa; en lugar de ser un peso o una tragedia, podría ser un soporte y comprender, contrario a la persona egoísta que era cuando me fui.

Lo que es Vs. Lo que significa

"Creemos que entendemos,
pero la verdad es que ni siquiera nos imaginamos"

La vida es (o eso creo yo) lo que nosotros hacemos de ella, lo que interpretamos y lo que creemos que "sabemos" o "entendemos" por el concepto de "vida".

Realmente, ¿qué es?
Aparte de respirar, sentir, y coexistir...
¿Qué coño es la vida?

Dejé de preguntármelo
y comencé a simplemente "vivir"
mientras cuestiono todo lo que veo y siento,
así como lo que creo y lo que no.

Vivo haciéndome preguntas
que nunca tendrán una respuesta "coherente"
(si saben a lo que me refiero) ...
No solamente las básicas como,
¿por qué me dejó?
¿Qué hice para merecer esto?
¿Por qué no me quiere a mí?
¿Por qué? ¿Por qué... por qué?
Una y otra vez, y ninguna tiene respuesta,
porque la respuesta sólo se trata de ti
si tú dejas que te afecte,
si tú te lo tomas personal.

La respuesta a la interrogante
de un tercero no tiene nada que ver contigo,

así como cuando la interrogante eres tú,
la respuesta no tiene nada que ver con los demás.
¿Por qué te pasa esto a ti?
¿O a mí? Pues...
porque nosotros permitimos
inconscientemente que nos pase,
que nos afecte y que llegue hasta nosotros.

¿Por qué?
Coño... pues porque sí o porque no,
no lo sé; te digo esto por salir del paso,
porque siempre he dicho que
"porque si" y "porque no" son respuestas inválidas,
pero es que las preguntas del
¿qué, cómo, cuándo y dónde?
sobre el universo no tienen una respuesta
que sea realmente coherente para nosotros.
¿El tiempo? ¿El espacio? ¿El infinito? ¿La eternidad?
¿El presente? ¿El futuro? ¿El pasado?
¿El perdón?
¿Dónde está todo eso de lo que tanto nos habla la vida?
¿Dónde lo vemos?

No podemos ver nada porque todo es un sentimiento que llevamos dentro: nosotros estamos formados por todo eso que tanto me pregunto a diario.

Somos nuestras propias respuestas, somos nuestro propio perdón a los errores que cometemos, somos... tan simple como eso, **SOMOS.**

Alberto terminó de leer el escrito que le enseñé; era la primera vez que compartía algo por voluntad propia.

ALBERTO

Me encanta, es increíble. ¿Piensas compartirlo con alguien más? ¿O voy a seguir siendo el amigo fantasma que debe ocultar tu talento por tus miedos?

AMY

Lo he pensado, pero no me gusta mucho el nombre que le pusiste. Todavía no estoy segura, aún no alcanzo la confianza plena en mí misma. Pero es un avance... al menos pude compartir esto contigo sin necesidad de que chismorrearas mis cosas.

ALBERTO

Lo siento, soy un ser curioso y atento.

AMY

Chismoso, eso es lo que eres.

ALBERTO

Alguien tiene que impulsarte.

AMY

Tienes razón, pero... ¿y a ti? ¿Quién te impulsa?

ALBERTO

Tú, estamos el uno para el otro, ¿no?

AMY

Me encantaría decirte que sí, pero... me puse a pensar, y no sé nada de ti.

ALBERTO

Sabes lo suficiente: soy gracioso, inteligente, filósofo, y te hago reír bastante.

AMY

Claro, ese eres tú de adentro para fuera. Pero, ¿quién eres en verdad? ¿Qué viene después de tu nombre? Ni siquiera me sé tu apellido.

ALBERTO

Cohen.

AMY

Entonces si eres judío.

ALBERTO

Duuhhh.

AMY

No te soporto, pero está bien. No me digas nada. Total, igual te vas a ir.

ALBERTO

Te prometí que no.

AMY

¿Y qué vamos a hacer? ¿Hablar por mensajes todos los días?

ALBERTO

(travieso)

O en tus sueños.

AMY

(nostálgica)

Será.

ALBERTO

(con un poco de remordimiento)

Hay muchas maneras de comunicarse, no todo tiene que ser físicamente.

AMY

¿Telepatía?

ALBERTO
¿Por qué estás así?

AMY
Porque sabes todo de mí y yo no sé nada de ti. No sé si es porque soy egoísta y siempre hablo yo, yo, yo y más yo... o porque no confías en mí.

ALBERTO
Somos diferentes; no suelo estar en la vida de las personas para hablar de mis problemas.

AMY
¿Por qué?

ALBERTO
Porque no tengo problemas.

AMY
¿Cómo que no? Todos tenemos problemas Alberto, por Dios.

ALBERTO
Alah.

AMY

No trates de hacerte el chistoso ahorita, estamos peleando.

ALBERTO

(burlándose)

¿Estamos? Eso me suena a plural Estás peleando tú sola. Cálmate, respira, no te enojes, mira que los que se enojan tienen doble trabajo.

AMY

No me cambies el tema.

ALBERTO

¿Qué quieres que te diga? No tengo problemas. Elijo vivir una vida feliz y sin problemas.

AMY

¿Y tu familia? Háblame de ellos.

ALBERTO

Pues mi padre es bastante religioso; tengo tres hermanos, todos mayores que yo. Mi

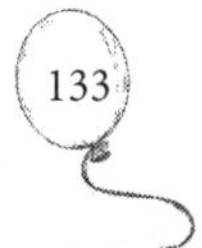

madre es una persona hermosa, tiene una fundación para niños de bajos recursos. Y pues... todos son bastante judíos.

AMY

Okay, un avance. Ya te conozco un poco más.

ALBERTO

¿Te sientes mejor?

AMY

No, porque te tuve que preguntar todo yo, no me dices nada.

ALBERTO

Tienes razón, pero toma en cuenta que has estado enfrentando bastantes cambios y a veces sólo necesitas ser escuchada. Además, no tengo mucho que contar; mi vida social no es muy amplia, eres realmente mi única amiga.

AMY

¿Por qué?

ALBERTO

Porque soy aburrido... no tengo nada que contar y la gente se aburre.

AMY

¡No es cierto! Eres el niño con más espíritu que conozco. Muy gracioso, atento, incondicional, inteligente... y además sabes actuar de persona seria.

ALBERTO

Tienes razón. Se me hace raroque la gente no quiera juntarse conmigo... soy genial, ahora que lo dices.

AMY

Y egocéntrico, se me olvidó esa parte.

Alberto se echó a reír.

AMY

Lamento haberme molestado y haber peleado.

ALBERTO
Yo también. Debes estar cansada: eso de molestarse y luego tener que dejar de estar molesta, ugh... mucho trabajo. Está bien, eres mujer... tienes derecho, ustedes se ponen todas hormonales e intensas.

AMY
JA JA, deberías montar un stand up.

ALBERTO
Y tú un blog.

Me quedé en silencio porque sabía que tenía razón. Me miró y me regaló una sonrisa presumida pero agradable. No era chocante, era una sonrisa de apoyo y cariño, pero también de ánimo y entusiasmo. Agarré mi diario y comencé a escribir; él me inspiraba a ser mejor persona y quería escribir sobre eso, sobre cómo apreciar las oportunidades que te da la vida para elegir ser mejor, o dejarte derrotar. Como él me dijo alguna vez:

"Estás a una decisión de ser feliz, de ser mejor y de vivir más allá de respirar".

Sonreí, y nos quedamos toda la noche hablando, nos dimos ideas mutuamente. Él estructuraba su posible Stand Up, y yo escribía para mi blog. Estaba orgullosa de él, de la persona que es a pesar de lo mucho que me queda por conocer, y también orgullosa de lo que vi de mí en el reflejo de sus ojos. No estoy enamorada de él; no lo veo así como muchos pensarían, es realmente un amigo. Me enseñó que la amistad entre hombre y mujer existe, me enseñó a valorarme; estoyenamorada de la amistad que hemos construido, genuina y sin ninguna transacción material, como pocas que hay por el mundo. Me quedé a dormir en su departamento, se nos fueron las horas sin darnos cuenta.

Una pesadilla, real.

Me vi a mí misma en mi cuarto; era tarde, de noche, y yo estaba sola en mi casa. Fui como una zombie al baño de mis padres, saqué un bote de pastillas para dormir y me fui de regreso a mi cuarto. Empecé a llorar sin consuelo y me levanté del piso para caminar hacia mi baño; pasé un rato mirándome en el espejo, con desprecio, cuestionándome y llenándome de más dudas sin respuesta. Pude ver eso en el reflejo de mis ojos; agarré una pastilla del frasco que había encontrado en el baño de mis padres y, cuando estaba por tomármela, vi la oportunidad de escapar en las demás pastillas que contenía. Decidí tomarme todas las que había: si una me iba a poner a dormir, imaginé que muchas iban a dejarme dormir sin volver a despertar. Reviví todo el trayecto de cómo me quedé dormida lentamente llorando en mi cama, aferrada a mi almohada, y cómo a la mañana siguiente mi hermano me despertó; vi cómo me desmayé y me di un golpe en la cabeza, y me vi a mí misma sangrando. Nadie venía por mí hasta que de pronto mi mamá entró y me encontró tirada en el piso; cayó sobre sus rodillas y empezó a gritar desesperadamente. Al ver eso no pude evitar sentirme mal y culpable; mi hermano entró y pude ver como su cara de patán cambió... estaba nervioso y por segundos dudó, no sabía qué hacer, pero una de sus cualidades siempre ha sido resolver las adversidades, o ignorarlas. Supongo que esta vez no estaba enfrente de una que pudiese ignorar.

Antes del después...

"Tanto correr para encontrarme en
una
pesadilla llamada realidad"

Aquel 17 de mayo.

DEREK
(de un lado a otro, nervioso)

A la mierda, mierda, mierda, mierda... mamá. Okay, tranquila, voy a llamar al 911, tú quédate aquí con Amy, ya regreso.

ANGELA
(temblando)

No, no hay tiempo, quédate tú con ella y yo voy por el auto.

Enseguida mi hermano tomó el lugar de mi mamá y ella salió corriendo. Derek me levantó del piso y me cargó hasta la entrada de nuestro edificio, donde mamá nos esperaba; ella se bajó, y mientras él me acostaba en la parte de atrás del carro, ella se subió conmigo. Derek se sentó al volante y yo nunca lo había visto manejar tan rápido; mi mamá no paraba de llorar, e intentó marcarle a mi papá, pero él no atendió la llamada.

ANGELA
(sacudiendo a Amy)

Gorda, ¿qué pasó? Por favor, háblame. Despierta, por favor.
(sigue sacudiendo a Amy)

Háblame Amy, por favor.

DEREK
(tomando la mano de Angela)

Mamá, tranquila, ya estamos llegando.

Entramos al hospital por el área de emergencias; Derek y mi mamá se quedaron en la entrada, devastados. Me vi acostada en una camilla mientras los doctores hablaban de un paro cardíaco; me daban cargas eléctricas una y otra vez, pero mi corazón seguía sin latir.

Me desperté llorando. Y Alberto estaba a mi lado. Había recordado el verdadero motivo por el que vine a un nuevo país a empezar de cero; empecé a despertar de nuevo mi voz interna, a aceptar que fue mi culpa, que intenté acabar con mi vida y que mi enojo con ella es que fallé. No pude vencer al destino y aquí sigo: esa era mi verdadera rabia con el mundo, pero ahora lo que realmente me duele y me molesta es que yo viví, y Tito no.

Cuando intentas desafiar al destino, y pierdes, experimentas una derrota premiada, porque recibes una segunda oportunidad para vivir y sentir. Hay quienes no corren con la misma suerte:

porque su destino no es desafiarlo sino cumplirlo.

Ahora que ya había enfrentado lo que mi mente quiso ocultar por mucho tiempo, tenía que ser honesta. Ahora que ya estoy consciente de lo que realmente pasó necesitaba compartirlo con la única persona que ha creído en mí.

AMY

Intenté suicidarme.

ALBERTO

¿Qué? ¿Cuándo? ¿Por qué? Amy, no.

AMY

Calma, fue antes de conocerte. Por eso estoy aquí.

ALBERTO

¿Por eso no me habías dicho?

AMY

No, realmente no lo recordaba con claridad. Pero lo reviví, soñé con todo lo que pasó y lo entendí. No estoy orgullosa de eso. Fue muy cobarde de mi parte.

ALBERTO

(presumido)

Pues si no lo hubieses hecho quizá no estarías aquí, y seguirías siendo la miserable persona que eras cuando te conocí.

Además, no hubieses conocido a lo mejor que te pasó en la vida.... O sea, yo.

AMY

Lamento haberte mentido.

ALBERTO

A mí no me mentiste, te mentías a ti misma.

AMY

¡Ouch!

ALBERTO

No te lo digo para lastimarte... es la verdad.

AMY

Lo sé. Pero, una cosa que noté es que Tito no estaba en este sueño.

ALBERTO

Porque él no tiene nada que ver con la decisión que tú tomaste.

AMY

¿Pero por qué sí está en todos los demás?

ALBERTO

¿Qué pasa en los demás?

AMY

Pues me muestra su accidente, su familia, mi familia...

ALBERTO

Te está mostrando lo que no puedes ver. Tu sueño, tu realidad, la podías ver sola, pero la estabas rechazando por miedo. Pero hey, no olvides que por esa pequeña desgracia estás aquí, y te pasé yo... ¡De nada!

AMY

Nunca vas a cambiar.

ALBERTO

¿Para qué? Así te hago feliz.

AMY

Con tal de que te quedes.

ALBERTO

El punto de todo esto es que ya sabes quién eres

realmente, y ahora que
sabes puedes descubrir
más allá de ti, hacer arte
con lo que rompiste.

AMY
¿Y qué hago con Tito?

Alberto no dijo ni una palabra más, y yo simplemente me senté en el sofá de su habitación. Me sentía como una pluma, ligera, relajada; por primera vez era libre de mi mente juzgándome constantemente.

Orly estaba acostada con Tito en la cama. Le leía un libro y de a ratos le hacía cariños en el brazo, sutil y delicadamente, para no tropezar con ningún cable o tubo que estuviese atado a él. Tito seguía en coma, pero Orly continuaba aferrada a la ciencia y a la fe; cerró el libro, fue a ponerlo en el estante donde se encontraban otros libros más, y allí vio el álbum de nacimiento de Tito. Lo tomó y se sentó nuevamente junto a él; el Tito de los sueños estaba a mi lado viendo lo que pasaba, aferrado a mi pierna. Orly comenzó a mostrarle las fotos de cuando era más pequeño: desde su nacimiento hasta la última foto que se tomó antes del accidente en la piscina. De repente Orly quebró en llanto, y al cerrar el libro un papel cayó del álbum; lo agarró, y vi que era el mismo dibujo que Tito me había dado anteriormente, infantil, hecho con crayones, que representaba a toda su familia. Orly soltó una media sonrisa y suspiró. Abrió el álbum para meter de nuevo el dibujo y en la página en la que lo abrió estaba la huella de la mano de Tito al momento de su nacimiento. Orly se quedó pensativa por unos segundos...

ORLY
(gritando de alegría)

¡Ajá!, eso es... Dios mío, gracias. ¡Gracias! Robertooo, ¡ven!
(en shock)

¡Es su huella!

Roberto entró al cuarto corriendo, preocupado; Orly se levantó para abrazarlo. Tito, a mi lado, reía con ternura.

ROBERTO
¿Qué pasa?

ORLY
Es su huella, la de Tito. ¡Mira!

ROBERTO
Sí, pero no entiendo a qué te refieres.

ORLY
Mira lo fuerte que marcó su huella.

ROBERTO
No entiendo qué es lo que me quieres decir con eso, mi amor.

El sonido se desvaneció y ahora estábamos en nuestro espacio blanco de encuentros. Me agaché para abrazarlo y por primera vez pude verlo a los ojos estando a su altura; en ese instante entendí muchas cosas que desde arriba no había podido entender.

De allí nos dirigimos de nuevo hacia nuestro parque… Tito tenía muchísimos globos azules alrededor de sus brazos; eran enormes, de todos los tamaños, tantos que de a momentos lograban levantarlo. Al darme cuenta de eso, lo agarré y corté la tira de algunos para que no lo cargaran más. No alcancé a salvarlos a todos, sólo pude recuperar dos; se los di para que no se quedara sin globos. Fue un sueño bastante extraño la verdad, diferente. Un poco más denso, pero también más alegre y presencial. Comencé a escuchar un ruido que perturbaba la paz de mi sueño y me desperté; alguien tocaba la puerta de mi habitación muy temprano en la mañana. Ese alguien era Alberto.

ALBERTO
Pero buenooooos días

por la mañana. ¿Qué es esto de levantarse a estas horas, niña que se evapora?

AMY

Son las 7:32 A.M. niño tiempo, ¿qué pasa?

ALBERTO

Pues, tengo que irme antes de lo planeado.

AMY

¿Antes cuándo?

ALBERTO

Antes... en dos horas.

AMY

¿Qué? No, ¿pero por qué? Se supone que nos quedan más días juntos.

ALBERTO

Te saldria bien escribir una novela de drama. Yo que tú la llamaría "Dos amigos que se separan antes de tiempo".

AMY
(triste)

Es en serio, ¿por qué te vas?

ALBERTO
Surgió un problema familiar y pues... debo hacer presencia.

AMY
(sarcástica)

¿No que no tenías problemas?

ALBERTO
Alah, te has.... Ah no, espera, ¿cómo es que le dices a tu Alah?

AMY
Ehh... ¿Dios? ¿Jesucristo? ¿Qué tiene que ver eso con tus problemas?

ALBERTO
Continúo... "Señor, Amy se ha juntado mucho conmigo. Ya habla sarcasmo y todo", que bonito es lo bonito, estoy orgulloso.

Pero escucha, te escribí una carta y quería dártela en persona antes de irme.

AMY

Pero nos escribiremos, ¿verdad? Así sea por correo, ¿no?

ALBERTO

Duh, llegué a tu vida para molestarte incluso después de morir.

AMY

Tú no tienes permiso de morir antes que yo, ¿okay?

ALBERTO

I have to go.

AMY

Jesus Lord, te has juntado mucho conmigo. Ya hablas inglés. Estoy orgullosa.

ALBERTO

Ridícula, un poco. Escríbeme en inglés y así practico, pero ya me tengo que ir.

AMY
¿Y por qué la carta?

ALBERTO
Léela únicamente cuando me sientas ausente. No antes, prométélo.

AMY
Está bien, te lo prometo.

ALBERTO
Es en serio. Si la lees sin sentirte así lo voy a saber eh... Todo tiene su tiempo, ¿vale?

AMY
Está bien, niño tiempo, ¿pero qué pasó?, ¿por qué la prisa?

ALBERTO
¿Quién dijo prisa? La prisa no es elegante.

AMY
Pero y entonces, ¿por qué te vas?

ALBERTO
Te contaré cuando llegue. No es fácil para

mi familia vivir sin mí, literal.

AMY

Ahora me sentiré como se siente tu familia.

ALBERTO

Posiblemente, debe ser muy difícil vivir sin mí, la verdad... no podría imaginarlo. Suerte con eso.

AMY

Pstttt, ni se te ocurra. Te voy a llamar a diario para chismorrearte todo lo que pasa en este hueco. Igual regreso en un año; no es tanto, creo.... Así que cuando no sea por Skype o e-mail, nos veremos allá. Incluso puedo pasar Hannukah contigo, y tú la navidad.

ALBERTO

Te tomo la palabra. Ahora ven y dame un abrazo... ya me espera el bus para irme al aeropuerto.

Nos abrazamos fuertemente y él me dio un beso en la frente; no pude evitar soltar una lágrima.

ALBERTO

Sigue escribiendo y mándame cosas, quiero leerte.

Agarró su morral, y cuando iba de salida no me aguanté.

AMY

Te voy a extrañar.

Soltó una media sonrisa y vi en sus ojos una mirada triste.

ALBERTO

(presumido)

Lo sé.

(nostálgico)

Espero que tú sepas, que yo también a ti.

Por su mirada, supe que algo había pasado. Ya había visto esos ojos y ese reflejo antes, pero no sabía en dónde. Alberto siempre estaba feliz y disfrutando de la vida, por lo que verlo así fue muy extraño; sin embargo, respeté su silencio como él respetó el mío hasta que estuve lista y decidí hablar. Alberto salío por la puerta y una parte de mi se fue con él. Regresé a mi cama, y me acosté para dormir y evadir enfrentar la realidad que me tocaba enfrentar con su partida. Volteé y en mi mesa de noche estaba el dibujo que Tito me había dado en sueños pasados. Todo era muy extraño, pero con todo

lo que estaba pasando, guardé el dibujo en mi mesa de noche junto a mi diario, sin pensar mucho en él.

3 de diciembre.

Volví a perderme; estoy enojada desde hace diez días y no sé el motivo. Supongo que es porque ya ha pasado un mes desde que Alberto se fue y no he podido tener contacto con él; le he escrito correos y mensajes, pero no he recibido respuesta de su parte. Me siento muy sola, pero una parte de mi memoria lo mantiene siempre presente. Por otro lado, he estado teniendo más contacto con mi hermano: me contó que tiene novia y que está feliz. Al parecer mis padres siguen separados y ya es definitivo... me puso muy triste esa noticia porque en el fondo tenía una pequeña esperanza de que volvieran o de que se extrañaran tanto como para que eso fuese suficiente. También he sentido más empatía con mi madre y hablamos con mayor frecuencia; la noto tranquila y trato de aconsejarle que deje de tomar. Ya comencé las clases y la verdad es que son una mierda. Mis compañeros, los profesores, todo es una mierda, sobre todo la ausencia de Alberto. No he abierto su carta porque en unos días salgo de viaje: visitaré a mi familia para las navidades y tengo la esperanza de verlo tal y como habíamos quedado... yo pasaría Hannukah con su familia y él Navidad con la mía.

Tuve terapia con la psicóloga.

PSICOLOGA
Tienes cara pesada, ¿cómo te sientes?

AMY
Pues en la pregunta está la respuesta: pesada.

PSICOLOGA
¿Y cuál es el motivo?

AMY
Me quiero ir de aquí, estoy harta. No me gusta este lugar.

PSICOLOGA
Desde que se fue tu amigo ha cambiado un poco tu estado de ánimo.

AMY
Pues sí, él era el único que hacía de mi estadía algo soportable.

PSICOLOGA
Sigues siendo dependiente.

AMY
¿De qué?

PSICOLOGA
Necesitas compañía para ser feliz, pero necesitas primero ser

feliz contigo misma.

AMY
Soy feliz conmigo misma. Sólo extraño a mi familia y a mi amigo, es todo.

PSICOLOGA
No estás lo suficientemente sola como para estar acompañada, Amy. Debes aprender a amar a la única cosa que te acompaña siempre: la soledad.

Tiempo

Estoy enojada con el tiempo,
con su modo abrupto de entregarnos
y quitarnos personas que amamos,
o cosas a las que estamos apegados,
para enseñarnos que vivimos en un cuerpo prestado,
en una ilusión y en un instante que se acaba antes de empezar.

Nos duele,
y lo hace para hacernos entender
que depende de nosotros
tomar la decisión de ser felices
o jugar a victimizarnos.

No te juzgues el día que decidas
ser la víctima de tu sufrimiento;
todos lo hacemos y no está mal...
es relativo, y nadie tiene derecho a señalarte por tus decisiones, porque sólo tú tienes la capacidad de sentir tu propia vida:
es tuya y de nadie más.

Al final del día nadie aprende de experiencias ajenas,
y la incondicionalidad no significa
que no seas juzgado por quienes dicen amarte:
significa que quienes se quedan te siguen amando a pesar de,
sin importar si juzgan o cuestionan tus decisiones.
Se quedan, y eso es lo verdaderamente importante.

Hay quienes vienen y toman forma de humano
para una determinada misión;
la cumplen y simplemente se marchan,
o eso sentimos cuando dejamos de ver sus cuerpos,
cuando ya no tenemos oportunidad de abrazarlos
y sentirlos físicamente.

Como reacción a eso nos llenamos de enojo,
rabia y ego, y terminamos juzgando al tiempo
por habernos quitado algo
o alguien cuando la realidad
es que cada ser trabaja en sus propios tiempos,
momentos y misiones...
nada tiene que ver con nosotros,
ni con nuestros sentimientos.

La cuestión es que existimos,
sentimos y vivimos,

y aunque sé que eso es una bendición
ahora estoy enojada, consciente pero enojada,
porque lo siento injusto
y no tendré ninguna explicación;
porque no me debe nada a mí,
ni tampoco a ti.
Lo único que obtendré es mi propio análisis
y mis decisiones.

Todo ocurre en ese instante
en el que tus ojos están cerrados
y a través de un suspiro te das cuenta
de que sientes el universo dentro ti,
ese universo que conocí en mis sueños...
Tiempo, te pido que, por favor, no me lo quites.

18 de diciembre.

Finalmente llegó el día en el que regresaba a casa, así fuese por sólo dos semanas; estaba muy emocionada, ya quería sentir mi hogar después del cambio que viví estando lejos.

Mis padres y mi hermano me recibieron en el aeropuerto. Nos sumergimos en un abrazo los cuatro y nunca se había sentido tan bien; supongo que a veces las separaciones son necesarias para unirnos con más fuerza. Me pregunté si con mis padres eso funcionaría... una pregunta bastante absurda, ya que nos dirigíamos hacia una nueva realidad para mí: nuestra casa, en donde ahora viven únicamente mi hermano y mi mamá.

JAIME

Niños, acordé con su mamá que pasarían navidades conmigo y año nuevo con ella. ¿Está bien?

AMY

¿Puedo invitar a un amigo?

ANGELA

¿Alberto?

AMY

Sí.

GATE 2

18 de diciembre.

Finalmente llegó el día en el que regresaba a casa, así fuese por sólo dos semanas; estaba muy emocionada, ya quería sentir mi hogar después del cambio que viví estando lejos.

Mis padres y mi hermano me recibieron en el aeropuerto. Nos sumergimos en un abrazo los cuatro y nunca se había sentido tan bien; supongo que a veces las separaciones son necesarias para unirnos con más fuerza. Me pregunté si con mis padres eso funcionaría… una pregunta bastante absurda, ya que nos dirigíamos hacia una nueva realidad para mí: nuestra casa, en donde ahora viven únicamente mi hermano y mi mamá.

JAIME

Niños, acordé con su mamá que pasarían navidades conmigo y año nuevo con ella. ¿Está bien?

AMY

¿Puedo invitar a un amigo?

ANGELA

¿Alberto?

AMY

Sí.

ANGELA

Perfecto, así lo conozco, ni sé como luce el misterioso Alberto...

DEREK

(emocionado)

Yo invitaré a Victoria.

AMY

¿Quién es Victoria?

DEREK

Ya te había dicho, mi novia.

AMY

Es verdad, lo siento. Se me pasó.

DEREK

Te va a caer súper bien.

Estaba contenta de vernos a todos juntos, aunque nos fuésemos a separar de nuevo. Me fue muy difícil entrar a mi cuarto. Desempaqué mis cosas y me eché en mi cama; tuve una recapitulación de todo lo que ocurrió este año y, aunque no ha sido nada fácil, he podido crecer un poco y entender cosas desde otro punto de vista que estando aquí quizá no hubiese entendido. Sin embargo, me quiero quedar; no quiero regresar a esa pocilga de adolescentes hambrientos de bullying.

Quiero un nuevo colegio, un nuevo entorno, pero aquí, con mi família.

AMY
Ma! Quería hablar contigo de algo.

ANGELA
Claro mi amor, dime.

AMY
Quiero empezar de cero.

ANGELA
No entiendo.

AMY
Quiero regresar y empezar de
(continuación)

cero... en otro colegio, pero aquí con ustedes.

ANGELA
No lo sé, Amy. Las cosas en casa siguen un poco tensas y no quiero exponerte a eso.

AMY
Entiendo, pero igual estoy expuesta a sentir la ausencia de ustedes,

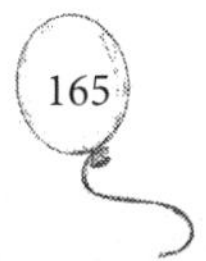

y me afecta. Si estuve
bien estos meses fue
porque tenía a mi amigo
allá, pero él ya regresó;
no me gusta estar allá.

ANGELA
Vamos a hablarlo con tu
papá a ver qué piensa,
pero no lo sé, Amy.

Mi mamá me miró y me abrazó; en el fondo sabía que ella también quería que me quedara, pero dependía de mí demostrarle tanto a ella como a mi papá que podía hacer las cosas bien quedándome en casa. Yo estaba dispuesta a empezar de cero: me sentía otra persona, mejor, pero no podía regresar a un lugar donde no tenía ningún motivo para ser feliz.

Discúlpame, mamá.

Por todas las veces que te grité,
te desprecié
y te culpé de mis dudas.

Discúlpame que no te lo dije antes,
pero me sentía ahogada,
me sentía despreciada
y verte así, entre lágrimas,
música y alcohol
me rompía poco a poco.
Tú vivías en tu mundo,
y yo sentía que no encajaba en él.

Así como por un instante
sentí que no encajabas en el mío.

Ahora entiendo
que el mundo sin ti no es mundo,
es sólo un espacio sin fondo,
sin propósito.
Sin ti, simplemente nada.
Ahora entiendo que contigo todo.

Discúlpame por hacerte sufrir
con la excusa de que me dolías a mí.
Por todas las veces que te di motivos para llorar,
para dudar de tu maternidad.

Gracias por nunca irte a pesar de lo malo,
por quedarte y aplaudir mis deseos.
Por abrazarme incluso cuando pensaba que no quería.

Por extrañarme cuando me iba,
por dejarme volar
aunque eso implicara ausentarme físicamente.

Por todas las veces que me he tenido que mudar
para cumplir sueños que a veces están lejos;
aunque no sean los mismos que los tuyos,
respetas lo mucho que los deseo,
y entiendes que hasta despierta, lo sueño.

Discúlpame, mamá.
Porque una madre no se juzga,
no se condiciona, ni se sanciona.
Una madre es el significado del 'para siempre'
incondicional.

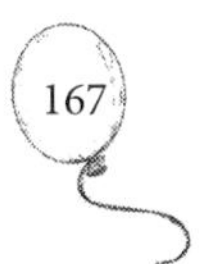

Discúlpame, papá.

Por todas las veces que juzgué tus acciones,
por no ser lo que soñabas,
por no entender a veces tu manera de ser.

Discúlpame
por no arrepentirme de mis errores,
porque aunque dolieron en su momento,
esos errores me hacen lo que soy hoy,
y así me quiero.

Discúlpame por a veces no ser suficiente.
Por haberme ido lejos y no querer regresar,
por buscar sueños imposibles ante ti;
te prometo que los haré posible.
Basta de disculpas, papá...
Quiero hablarte de las gracias,
así como a mamá.

Gracias por apoyarme en mis sueños,
incluso cuando no creías en ellos.
Por no desistir de mí
incluso cuando yo quise darme por vencida.

Por trabajar duro toda tu vida,
para darnos a mí y a mi hermano
la educación que deseabas para nosotros.

Por complacerme en mis antojos,
por las veces que has llorado viendo mis logros.
Porque aunque mis sueños no se parezcan a los tuyos
me has apoyado en silencio.

Sin decirme nada, pero sé que en el fondo
estás orgulloso.

Gracias, papá.
Por ser todo, cuando pensé que no tenía nada.

Fue él quien me salvó, de nuevo.

"Estamos conectados por lo que sentimos, por la emociones... no por lo que tocamos"

Años después...

Pasó mucho tiempo y no volví a saber de Alberto. Le escribía un e-mail a la semana contándole de los sueños que tenía con Tito, que ya no eran tan constantes como antes; supongo que tenía que dejarlo ir poco a poco, pero igual cada vez que soñaba con él era divertido, especial y realmente presente. Incluso una vez pude hablarle de Alberto; obviamente no era mucho lo que un niño me podía responder, pero mientras yo le hablaba me escuchaba y dibujaba, y en su silencio yo encontraba respuestas que por mucho tiempo ignoré.

Siempre tuve presente la carta de Alberto, pero una parte de mí estaba muy enojada con él y nunca quise abrirla; teníamiedo de lo que podría decir. ¿Qué clase de amigo se va prometiendo que siempre estaría presente y no vuelve a aparecer? No entendía nada, y tenía miedo de entender... por eso decidí dejarla en mi cajón.

Por otro lado, logré convencer a mis padres: empecé de cero en un nuevo colegio e hice amigos de verdad. Me enamoré un par de veces, hice una vida social que me permitió disfrutar mis últimos años de escuela, me gradué y por decisión propia quise irme a otro país a estudiar la universidad; culminé mi etapa de adolescencia en un ambiente sano y amoroso, y mis padres, quienes estuvieron separados por 3 años, regresaron. Aunque todavía son una pareja un pocodisfuncional son felices, pues entendieron lo que es el amor "a pesar de...".

Fueron años difíciles: compartí muchos momentos de alegría, pero el recuerdo de Alberto siempre estaba presente y anhelaba que pudiese conocer a mis amigos

y familia. Su esencia era muy importante en mi vida y en mi crecimiento; aunque él ya no estaba, había dejado una huella muy fuerte en mí.
Continué escribiendo sobre mis experiencias y emociones, pero nunca abrí el blog. Mis sueños con Tito se resumían a una imagen repetida de aquel sueño que tuve en el que él estaba atado a un montón de globos azules y yo cortaba los globos para que no lo levantaran; soñaba con eso una y otra vez...

Septiembre 2011.

Estaba empezando mi primer semestre en la universidad y conocí a una chica, también venezolana, que estudiaba la misma carrera que yo. Nos sentamos a comer el almuerzo y a conocernos un poco; saqué mi cartera para buscar dinero e ir a comprar unas bebidas y, en lo que la abrí, como siempre, tenía la foto de Tito a la vista acompañada de una foto de mi abuela. La chica vio las fotos e inmediatamente reaccionó.

— Yo lo conozco, él es Tito — me dijo la chica, confundida y con una interrogante enorme en su mirada.
— ¿De dónde? — Le pregunté.
— Estudié con su hermana mayor en la escuela — Me dijo.
— ¿Entonces eres judía también? ¿Cómo te llamas? — le pregunté con la esperanza de que pudiera decirme más sobre Tito y también sobre Alberto.
— Daniela Cohen — Mis ojos brillaron, era mi oportunidad de volver a saber de Alberto, tenían el mismo apellido, era lo lógico, pensé.

AMY

Entonces ¿sabes qué le pasó? ¿A Tito?

DANIELA

Sí, es una historia muy triste... tuvo un accidente en la piscina de su casa y sigue en coma.

AMY

¿Aún? Pero, ¿cómo? Han pasado muchos años ya.

DANIELA

Sí, han hecho todo tipo de tratamientos, pero sigue sin responder.

AMY

Oh, entiendo, no pensé que... wao. Me dijiste que tu apellido era Cohen, ¿cierto?

DANIELA

Sí.

AMY

¿Conoces a Alberto Cohen?

DANIELA

¡Imagínate!, hay muchísimos Cohen. Tito también es un Cohen, pero no somos familia.

AMY

Vaya...

DANIELA

¿De dónde lo conoces?

AMY

Fuimos a un campamento juntos en Miami; luego yo me quedé estudiando unos meses más y él se regresó a Venezuela.

DANIELA

Digo, a Tito.

AMY

Ah... es una historia un poco larga pero, en resumen, estuve presente cuando él estaba en el hospital después del accidente, y ahí conocí a su mamá.

La verdad no estaba lista para hablar de lo que realmente

había pasado con una extraña; después de contárselo a Alberto no lo volví a hablar con nadie. Lo tenía para mí, lo acepté para mí, pero lo reprimí... no creí necesario tener que contarlo a vox populi. Después de ese día no volví a tener sueños con Tito. Oraba todas las noches por él y por su familia, anhelando su recuperación; y es que aunque para mí era real lo que él me mostraba en sueños, no tuve certeza de que fuera cierto hasta que Daniela me lo confirmó. Saber que lo que veía en mis sueños era real me dolía profundamente, porque aunque hayan sido interacciones surrealistas, Tito y yo habíamos creado una conexión que no tenía una explicación coherente para muchos... aunque para mí era más que suficiente.

Ese mismo año decidí ir a visitar de nuevo a mi familia. Tenía tres semanas de vacaciones en la universidad y quise viajar a Venezuela; pasamos unas increíbles navidades, y un grandioso año nuevo juntos.

31 de diciembre, 2011.

Veía a la distancia a Tito y a su familia viendo televisión todos juntos; él estaba en una silla de ruedas especial y, aunque seguía en coma, aún estaba conectado a máquinas que mantenían sus signos vitales activos. Yo caminaba sola por la casa; sentía una paz particular que no había sentido antes, a pesar de que las condiciones de Tito eran las mismas. Noté que estaba más grande... había crecido físicamente, bastante desde la última vez que lo vi. De repente la línea recta comenzó a sonar sin detenerse; su familia estaba alrededor de él, llorando, pero con cierta calma y sin desesperación, como si supieran que ya era el momento. Sólo lo miraban y lo

Está bien mi niño, es hora de que descanses.

tomaban de la mano, amándose los unos a los otros. Tito apareció a mi lado; era más grande, más maduro, pero mantenía su esencia alegre y una energía que me enternecía.

TITO
Ven.

AMY
Estás más grande.

TITO
Acompáñame.

Caminamos hasta la puerta de su casa y al salir llegamos a nuestro parque clandestino. Él desapareció de mi lado y lo vi a la distancia agarrando la mano de Orly, quien sostenía un globo azul pastel igual al de mis sueños. Tito volteó y alzó la mano hacia mí, en forma de despedida.

Me desperté llorando desconsoladamente y mi mamá entró a mi habitación.

ANGELA
Gorda, ¿qué te pasa?

AMY
Se fue mami.

ANGELA
¿Quién se fue, mi amor?
Fue sólo una pesadilla.

AMY
Tito.

ANGELA
¿Quién es Tito?

AMY
El bebé del hospital.

Mi mamá me abrazó muy fuerte y se quedó toda la noche conmigo mientras yo no paraba de llorar.

Esa misma mañana decidí ir al parque; escribí una carta para Tito y la amarré a un globo azul que se la llevaría hasta el cielo. Antes de soltar el globo escuché unas risas infantiles un poco más adelante y me acerqué para ver; allí estaban Tito y Orly tal como en mi sueño... ella con un globo azul, y Tito de su mano. Suspiré cerrando los ojos, y cuando los abrí Alberto estaba a mi lado; yo no reaccioné a su presencia, pues tenía la
mirada perdida en ellos dos, preguntándome una y otra vez si estaba viviendo o soñando.

AMY
¿Crees que ella lo pueda
dejar ir?

ALBERTO
¿Y tú?

AMY
¿Y yo qué?

ALBERTO
¿Crees que puedas dejarme ir? O bueno, dejarnos...

AMY
Igual te fuiste.

AMY
(confundida)

¿Dónde coño estás entonces?

ALBERTO
Si me hubiese ido de verdad, hubieses abierto la carta.

De repente volví a despertar de golpe; salí de la vida paralela que vivía en mis sueños y no pude evitar sonreír acompañando mi sonrisa con muchas lágrimas. Corrí hacia mi escritorio para buscar la carta de Alberto, y cuando abrí el sobre me encontré el dibujo infantil que Tito me había dado, exactamente igual. La única diferencia era la firma.

Todo se nubló a mi alrededor. Me adentré en los recuerdos de los miles de sueños que tuve con Tito, y los momentos que pasé con Alberto.

ALBERTO
Amy, recuerda... tienes que ver más allá de lo que tus ojos ven: la vida es mucho más que sólo

respirar.

AMY
(desesperada en llanto)

No entiendo.

ALBERTO
No te resistas a lo que sientes, y a lo que sabes. Aquí estoy, nunca me he ido.

Busqué en mi celular las fotos que tenía con Alberto... y descubrí que él no estaba en ellas.

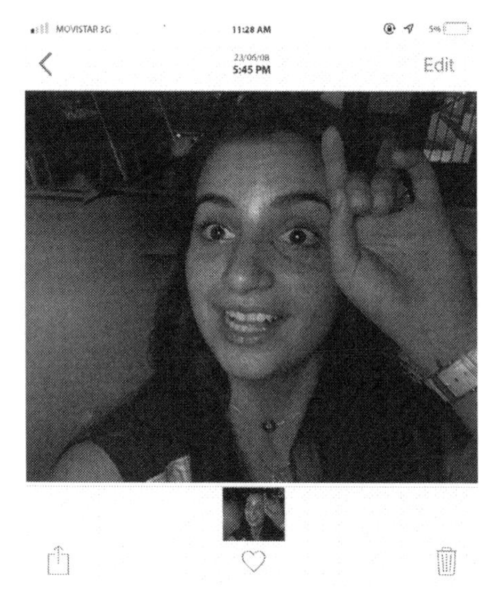

Regresé al parque y vi a Orly parada con el globo azul; Tito ya no estaba con ella, y Alberto ya no estaba conmigo.

AMY
(susurrando)

Wao...

Cerré los ojos y una lágrima corrió por mis cachetes; pude sentir la sutileza con la que Tito y Alberto, siendo la misma persona, se comunicaban conmigo.

ALBERTO Y TITO
¿Ahora lo entiendes?

AMY
(entre lágrimas y un suspiro)

Ajá...

Entendí

Entendí que todos tenemos una misión en la vida,
que nosotros elegimos nuestra propia realidad.

Entendí que muchos respiran, pero apenas viven
y hay quienes viven, pero es muy poco lo que respiran.

Entendí que toda persona llega de maneras
en las que no te imaginas para dejar una lección en tu vida.

Entendí que el cuerpo se va,
que es prestado y que en su debido momento se desvanece, pero que la unión de almas destinadas a permanecer
queda marcada en un "para siempre" que,
por ideales visuales y físicas,
creemos que también desaparece.
Eso no es cierto... yo te reconocí.

Entendí que **Tito** llegó a mi vida
en forma de inocencia para ayudarme a revivir,
y yo... esa niña simple y común que era hace cinco años
llegó a la vida de Tito para caminar por la tierra,
para dejar la huella que él dejó en mí,
para que el mundo sepa su nombre
y reviva a quienes se sienten muertos, pero caminan.

Entendí que **Alberto** llegó a mi vida,
para ayudarme a ver lo que mi mente de adolescente
se negaba a entender a través de los ojos de un bebé.

Entendí que su inocencia y sus ocurrencias
eran las pistas para ayudarme a descubrir el camino.

Entendí que no se trataba de empezar de cero,
sino de continuar aceptando y respetando mi pasado,
amando y creando mi propio presente
para así ser dueña de mi futuro.

Entendí que en tiempos terrenales
ese "para siempre" fue efímero,
pero realmente empezó para nunca terminar
el día que lo conocí en mi sueño en el hospital.

Entendí su misión, entendí la mía y por eso estoy aquí...
contando lo que no me atreví a decir antes
por miedo a que me juzgaran.

Entendí que todos cometemos errores,
pero que eso es parte de existir.

Entendí que sí,
pasé momentos de mierda en mi adolescencia,
y quizá muy pocos lo entiendan,
pero la vida me premió con el mejor de los "para siempre",
con los errores, que vinieron con las mejores lecciones.

Me premió con cada una de las veces
que me enamoré
y sufrí de desamor.

Me premió con amigos de verdad.
Con el mejor de los amigos,
y con la mejor familia disfuncional del mundo.

Me premió con un bebé
que me devolvió la vida incluso
cuando eso significaba su partida.

Todos esos momentos de mierda sirvieron para record-
arme
lo que soy hoy, y el porqué de mi existencia,
pues también entendí
que de nada sirve saber
si no vas a hacer.

Me premió encontrando mi AJÁ
después de haberlo reprimido tanto:
tomé la acción de vivir,
de abrir los ojos y hacer algo con respecto a lo que sabía.

Me premió con la vida, y no importa lo que venga,
todo siempre, valdrá la alegría.

Friedrich Nietzsche una vez dijo:
"Aquel que tiene un porqué para vivir,
puede soportar casi cualquier cómo".

Hoy sigo siendo la misma, pero descubrí que soy extraordinaria y que mi habilidad es la capacidad que tengo para soñar... y no hablo de cualquier tipo de sueños, hablo de los que me llevaron a conocerlo, tan lúcido y tan real que me guió a un renacer.

"Respirar no es signo de vida, sino sentir. Morir es la única certeza que nos da el haber vivido"

- Andreina Perez

Hoy por hoy entiendo que el colegio es sólo una etapa de la vida, que el bullying viene de nosotros mismo al no imponer el valor que tenemos, que los problemas pasan y terminan en algún momento. Que todos tenemos una misión en esta vida, y que ni siendo dueños de nuestra vida tenemos derecho a imponerle al destino cuándo acabar con ella. Somos del destino, y sin importar las circunstancias debemos respetar la ilusión del tiempo y pasar por los momentos que nos presente; buenos o malos, siempre pasan, y siempre hay un por qué que él mismo responderá, aunque sea difícil de entender. Debemos continuar hasta que hayamos cumplido nuestra misión. No importa cuán largo o corto sea nuestro paso por la vida, hay que pisar fuerte y firme para dejar una huella. Quise irme antes de tiempo por no poder soportar la presión social en la que vivía, para escapar de los problemas familiares en lugar de tratar de ser la luz que curara nuestra oscuridad; quise huir egoístamente, sin saber que con mis actos dejaría más oscuridad de la que ya había. Es parte de la vida, no me arrepiento, porque gracias a ese momento de dudas, preguntas y soberbia en el que quise desafiar el destino y entregarme a la aventura de la muerte conocí al ángel que guió mis pasos a un renacer espiritual, el ángel que me hizo entender que el tiempo es una ilusión, que el mundo que soñamos mientras dormimos es una realidad alterna, que siempre hay un mensaje oculto en cada pensamiento, en cada sueño, en cada intención, que somos parte de un mensaje que debemos descubrir y gritar. Quizá no cambiemos el mundo y sus 7 mil millones de habitantes, pero hay una posibilidad de que cambiemos el mundo de una persona, y lo hagamos **mejor.**

Quizás

Quizás si alzas la voz, estudiante que sufre de bullying, podrías inspirar a otro que pasa por lo mismo que tú a mantenerse fuerte y entender que es sólo una etapa que en algunos años le hará comprender lo que quiere para su vida, y también lo que no.

Quizás si alzas la voz, madre o padre de familia que pasa por un mal momento en su matrimonio, o con sus hijos, podrías ayudar a alguien que lo ha perdido todo a que se levante y busque soluciones en lugar de sumergirse en el problema.

Quizás si tú, quien se siente abandonado por tu hermano o hermana, o incluso por tus padres u otros familiares, alzaras la voz, lograrías cambiar la dinámica familiar y unirlos aún más.

Quizás si alzas la voz de tu dolor, madre que perdió a un hijo, podrías ser la residencia en la vida de otras madres que pasan por lo mismo que tú.

Quizás si alzas la voz, persona que duda sobre la vida, sobre el porqué del dolor y de las tragedias, le preguntarías a más personas y te darías cuenta de que no estás sola: que todos dudamos, que todos nos preguntamos para qué estamos en la tierra, y por qué hay que sufrir.

"Eres la voz de alguien más, pero cuando no te escuches ni a ti misma habla un poco más fuerte. Ahí estás, te encontrarás".

Alza la voz y haz de tus dudas algo extraordinario. Recoge tus piezas rotas y haz arte. Cambiarás la vida de alguien y quizá no lo sabrás, pero llegará el momento y entenderás que cumpliste tu misión; te marcharás en paz, sin dudas, sin buscarlo, sin forzarlo, habrás vivido feliz, a pesar de...

No te conozco, pero te amo. Alcé mis letras, te conté mi historia y espero que si alguna vez dudas puedas mirarte al espejo y sonreír a lo que eres ahorita, porque será la razón de lo que serás mañana, y estoy segura de que brillarás a pesar de los por qué's que te ha presentado la vida.

Saber el diagnóstico de un hijo con discapacidad es el fin de los típicos sueños que unos padres pudiesen tener, pero sin duda alguna es el comienzo de **NUEVOS SUEÑOS** que quizás no serán comunes, pero sí **LOS MÁS MARAVILLOSOS DENTRO DE NUESTRA FUNDACIÓN.**

Parálisis cerebral se refiere a un grupo de condiciones que son causadas por problemas en el desarrollo del cerebro, las cuales afectan el control motor en niños y los movimientos fundamentales e importantes para todos los aprendizajes. Tener problemas para caminar y hablar son características de la parálisis cerebral; para nosotros el objetivo más importante es ayudar a nuestros pacientes a ser **INDEPENDIENTES** en su máximo potencial y que logren llegar a comunicarse aunque esto signifique utilizar otros medios que no sean su voz.

En la fundación **Dejando mi huella** nos comprometemos a darles una mejor calidad de vida a través de terapias, equipos, intervenciones, alimentación, medicamentos, citas médicas y orientación psicológica con la finalidad de lograr este objetivo en sus vidas, y apoyarlos tanto a ellos como a sus familiares. Promovemos actividades donde son incluidos dentro de la sociedad y así les brindamos la

oportunidad de explorar, experimentar y compartir sintiéndose útiles para sus comunidades.

Contacto:
Dejandomihuellafundacion@gmail.com

Alberto Moises Cohen Meir
(20/Junio/2006 - 31/Enero/2012)

Made in the USA
Middletown, DE
30 May 2020